O COLETOR DE ESPÍRITOS

Raphael Draccon

O COLETOR DE ESPÍRITOS

Fantástica
ROCCO

Copyright © 2017 *by* Raphael Draccon

Direitos desta edição reservados à
EDITORA ROCCO LTDA.
Av. Presidente Wilson, 231 – 8º andar
20030-021 – Rio de Janeiro, RJ
Tel.: (21) 3525-2000 – Fax: (21) 3525-2001
rocco@rocco.com.br | www.rocco.com.br

Printed in Brazil/Impresso no Brasil

Preparação de originais
LARISSA HELENA

Cip-Brasil. Catalogação na fonte.
Sindicato Nacional dos Editores de Livros, RJ.

D791c Draccon, Raphael
O coletor de espíritos / Raphael Draccon. – Primeira edição – Rio de Janeiro: Fantástica Rocco, 2017.

ISBN 978-85-68263-52-5
ISBN 978-85-68263-23-5 (e-book)

1. Ficção brasileira. I. Título.

17-40323   CDD–869.93
                            CDU–821.134.3(81)-3

O texto deste livro obedece às normas do
Acordo Ortográfico da Língua Portuguesa.

Para o menino Felipe,
por ter coletado meu espírito.

I
O CHEIRO DA CHUVA

*I wanna know,
have you ever seen the rain?*
JOHN FOGERTY

CAPÍTULO UM

Frio. Sussurros. Silêncio. Em Véu-Vale sempre foi assim.

Há muito tempo, afastado do mundo, existia esse lugar intocado. Rodeado por ruelas sombrias, sobrevivia de forma precária ao tempo que corria ao redor, como se todos os dias fossem iguais.

Em Véu-Vale, tudo que nasce, nasce do solo. Tudo é terra, e, como tal, apto a ser banhado. Tudo é história, viva, e o que é história não é concreto, é efêmero. E o homem ama tudo que é efêmero. Por isso os homens amam Véu-Vale, como amam a história, ou amaram um dia. Por debaixo de suas botas de plástico imundas e de seus capacetes de ferro arranhados, jazia um amor à própria terra que transcendia o impulso humano de ambição. Não havia desejo, nem conquista, nem cupidez.

Véu-Vale era única e exclusivamente paz.

Os moradores caminhavam pelas estradas de terra batida com os pés descalços, os ombros eretos e o coração sem guarda. Todos se conheciam, e conheciam as famílias, cada homem e mulher. Havia concentração de terras, mas não a disputa, e havia a vontade, mas não a invasão. A internet era inacessível demais, e eles acreditavam que podiam viver ainda mais uma ou duas vidas sem qualquer revolução cibernética.

Aos homens, não interessavam computadores, mas enxadas e martelos e foices e rastelos. Era como ganhavam a vida: com o próprio suor. E um homem que ganha a vida com o próprio esforço não tem por que desejar roubar o suor de outro. Por baixo dos rostos sulcados dos mais velhos jazia o bem-estar. Aquele era o único mundo que conheciam, e não desejavam conhecer outro. Havia trabalho nos campos, e eles estavam satisfeitos por dali retirar o que dar de comer às famílias. Como um título real passado aos sucessores por fardo e orgulho, os filhos também sabiam quem desejavam ser: apenas como seus pais. Essa era a linha da vida traçada nas palmas das mãos. Era o destino lido nas cartas. O desejo antes do assoprar de uma vela.

E, ao retornar para casa com o estômago quente por causa de alguma bebida à base de cana, os moradores, na maior parte das vezes, sentiam primeiro o cheiro. Depois escutavam o som. Uma fragrância que entrava pelas narinas provendo a mesma sensação de desafogo de um nebulizador. A revitalização da alma. Uma manifestação divina.

Logo, a terra batida se tornava viscosa; molhada, pastosa. Os homens olhavam para o céu, e o som do trovão vibrava, as peles arrepiadas pelo vento torto e frio. Era o suicídio do elemento perfeito; o voo livre da combinação desigual entre hidrogênio e oxigênio, que descia dos céus de anjos para banhar sem permissão os homens por igual. As gotas tocavam a pele e lavavam o suor. E antigamente os homens sorriam. O tecido das roupas grudado na pele e tudo se tornava uno. E os homens sorriam. Quando sentiam a lama funda, o suor sendo lavado e devolvido à mesma terra que lhes dava o que comer, e a pele tocada pelo mais perfeito fenômeno natural, aqueles moradores entravam em comunhão com forças transcendentais com muito mais intensidade que nas celebrações pastorais. E por isso eles sorriam. Deus, como eles sorriam.

Hoje, no entanto, para alguém que observasse de fora, isso não faria sentido. Pois, se tudo era paz, e se tudo era efêmero, e se antes os homens sorriam com a chegada rotineira do fenômeno e do cheiro, então, não seria fácil entender o porquê das janelas fechadas, das portas com trancas e das ruas desertas com botequins encerrados prematuramente nos dias de chuva. Ninguém de fora conseguiria supor o motivo de tamanho recolhimento; de tão árdua cautela; da religiosa precaução. As mãos das mulheres tomavam os terços, enquanto as dos homens envolviam os filhos com a proteção que apenas os braços dos pais podem conferir.

E Véu-Vale então se calava.

Mas, se havia o silêncio, era apenas o humano. Lá fora, por debaixo da agonizante tensão trevosa que se esgueirava para além de casas de madeira e pau a pique, estava o inimigo de suas emoções. Colunas vertebrais tensionavam-se quando a atmosfera rosnava descargas elétricas, ainda que ninguém ali tivesse medo do acorde feroz do trovão, nem do toque da água, nem do clarão que denunciava o encontro de nuvens. Na verdade, o que aqueles moradores temiam não era o fenômeno, nem seus parentes naturais. Não era o odor atmosférico.

Nunca a chuva.

Mas *aquilo* que vinha com ela.

CAPÍTULO DOIS

GUALTER HANDAM DEIXOU PARA TRÁS o prédio no centro comercial, carregando um guarda-chuva que poderia abrigar três pessoas. Desceu até o subsolo e ligou o carro. Dali até sua casa eram dezessete quilômetros, estendidos pelo trânsito lento. Um longo trajeto para quem terminava o dia com a cabeça cheia de problemas que nem mesmo eram seus. Sua jornada era curiosa. Dono de um diploma de doutorado em psicologia, caminhando para outro em psicanálise, por sorte um dia atendeu a filha de uma cantora pop famosa, carente devido à ausência da mãe em turnês e às overdoses do pai, e fez um excelente trabalho com a garota. Ela o indicou para a sobrinha de uma amiga atriz que, por sua vez, o indicou para um empresário de novos talentos. O empresário o indicou para todos os seus novos talentos. E assim, sem que houvesse exatamente optado por isso, aos poucos, ele se tornou o psicólogo preferido das celebridades e da classe alta, o que sempre era uma combinação explosiva. E começou a ganhar dinheiro *de verdade*. No caminho foi aprendendo coisas. Sabia qual era a melhor gravata para um homem de sua posição naquela idade, e qual seria a gravata para um homem na mesma posição dez anos mais velho. Sabia que tipo de uísque deveria pedir em reunião de negócios e que tipo de vinho pedir em reuniões sociais. Sabia ler as pessoas. Sabia prever comportamentos.

Sabia conduzir sua linha da vida. Gualter Handam sabia muito sobre muita coisa.

Menos que naquele dia cruzaria com a morte.

O trânsito lento não o incomodava. Tampouco a barulheira provocada por motoristas que utilizavam as buzinas como extensão da própria personalidade. No banco do passageiro, um best-seller. No som do carro, música clássica. Quando era a vez do sinal vermelho, relaxava o corpo, aumentava o volume. E fechava os olhos. A música lenta acalmava a respiração. Gualter Handam estava tranquilo.

Na rua transversal, um jovem chamado Kenji, ou que gostava de ser chamado assim, pilotava uma moto com adesivos *otaku* e uma pizza de pepperoni no compartimento da garupa, estampada com o logotipo de um estabelecimento recém-inaugurado. Se a pizza não fosse entregue em vinte minutos, o cliente não precisaria pagar o pedido.

Kenji estava a quatro minutos do fim do prazo.

Ao fundo havia um cruzamento e um semáforo prestes a estacionar no vermelho. O dilema do motoqueiro era simples: se parasse naquele sinal, não entregaria a pizza a tempo. Se não a entregasse a tempo, seria a terceira vez naquele mês em que teria de pagar a entrega com dinheiro do próprio bolso; e mais, significaria também se tornar o primeiro derrotado a ser demitido de uma pizzaria recém-aberta.

A alternativa seria avançar aquele sinal e, *talvez*, morrer.

Logo, o dilema de Kenji a ser resolvido em poucos segundos era simples: o que arriscar, a vida ou o emprego?

Não era uma decisão fácil.

O telefone celular tocou. Gualter olhou o nome Marina no visor. Sorriu. Abaixou o volume do *player* devagar, como que pedindo com cautela para a celta cantar mais baixo enquanto ele atendia a importante ligação.

– Hey, Jude!
– Oi, querido! Estou ligando pra confirmar o jantar.
– Confirmado! Vinho, luz de velas, piano-bar...

Marina riu.

– Que chique! Eu vou pra aula de *spinning* agora. De noite vou esperar você...
– Claro que vai...
– Ai, que metido! Beijos.

Desligou. Um trovão ressoou. A aproximação da chuva o deixou tenso. Ele pisou no acelerador diante do sinal verde, sem perceber que – ao mesmo tempo – uma motocicleta de pizzaria recém-inaugurada acelerava na transversal. Gualter escutou a motocicleta. E enfiou o pé no freio! O veículo parou bruscamente, os pneus resmungando na fricção repentina com o asfalto. A moto passou zunindo rente ao carro. Passado o susto, Gualter engatou novamente a primeira marcha. E acelerou o carro.

Ali ele iria morrer.

Pela mesma pista do motoqueiro, um EcoSport seguia em velocidade considerável, com o retrovisor esquerdo detonado. O homem atrás do volante seguia enfurecido o motoqueiro *otaku* que esbarrara em seu carro em meio às acrobacias loucas pelo trânsito da metrópole.

Foi esse EcoSport que Gualter não viu.

Nem ouviu.

O sinal já estava vermelho quando o motorista do EcoSport o ultrapassou. Transeuntes arregalaram olhos, colocaram mãos na cabeça, franziram testas e apontaram para o acidente iminente. O cheiro de chuva se intensificou. Mulheres gritaram. Gualter sentiu a boca se encher de sangue e o pulmão travar. Um relâmpago piscou. Os pedais de freio foram acionados e o carro bambeou com o travamento inesperado.

Ainda no volante, Gualter sentiu o estômago embrulhar e quase vomitou no painel. O EcoSport preto passou pelo cruzamento em velocidade acelerada como um tufão, cruzando o local onde o carro dele deveria estar naquele momento, não tivesse ele parado a tempo. Os dedos perderam a coloração e ficaram frios. A pressão se alterou com a sudorese – apesar do ambiente refrigerado. O peito esquentou. O mundo silenciou. A visão ainda turva percebeu um corpo sem cor se afastar e desaparecer no meio da multidão, como se nunca houvesse existido. Gualter saiu do carro, ainda achando o mundo estranho, com as pupilas dilatadas e a respiração parca. A realidade parecia lenta e os sons, exagerados. Escutou as pessoas falarem dele. Ou com ele. Viu pessoas apontarem em sua direção. Percebeu muito mais coisas do que conseguia entender.

Aos poucos, o choque de *ainda estar vivo* foi sendo minimizado conforme a arritmia cardíaca se estabilizava. Ao fundo, outros insistiam com suas estridentes buzinas, tentando, de alguma forma, obrigar Gualter a liberar o trânsito da rua.

Rendido, ele voltou ao carro e torceu para que não houvesse outro relâmpago. Algumas gotas tímidas tocaram o capô do conversível e o coração continuou a bambear como se houvesse nele menos sangue do que deveria.

Aquele dia era um terceiro dia de chuva.

CAPÍTULO TRÊS

Anastácia Handam sentiu uma dor aguda no peito; forte, como a ponta incômoda de uma agulha perfurando a carne do coração de dentro para fora. O mundo por alguns segundos se tornou uma longa e inesperada câmera lenta. Ela tentou puxar o ar. Não conseguiu. E essa nem foi a pior parte.

Depois, veio o escuro. O mundo tornou-se negro e tudo o que era movimento tornou-se estático. Um corpo de sessenta e quatro anos tombou, levando consigo panelas sujas de sopa de ervilha em meio aos estrondos metálicos. Crianças correram. Chorando. Não importava se eram parentes ou não, Mãe Anastácia era a *mãe*, e, quando preciso, o mundo simplesmente contava com ela.

As crianças chamaram as mulheres, que chamaram os homens. O primeiro a chegar foi Tobias, sempre o último a sair, já que nem sempre havia trabalho para ele. A cabeça estourava como um tamborim, resultado do mesmo alcoolismo que diariamente tentava convencê-lo a se matar.

Tobias ajudou a erguer a senhora desfalecida e a colocou no sofá com odor de naftalina. Sentou-se em uma cadeira trançada, com as mãos na cabeça e o coração na boca. Queria realmente ajudar mais, mas não sabia como. Trabalhava de bicos, pintando paredes, amolando facas, montando cercas, cavando fossas, construindo ou reformando telhados.

Nenhum desses serviços ensinava como ressuscitar uma mulher.

Qualquer dinheiro que conseguisse financiava seu vício, maior do que a força de vontade. Houve uma vez em que apagou abraçado a um poste e depois caiu no chão com a cara na lama. Nesse dia, Mãe Anastácia o levou para sua própria casa, limpou-lhe a face e colocou-o para tomar um banho frio. Não havia água encanada em Véu-Vale, não havia luz e não havia esgoto. O vilarejo era complementado por fossas sépticas e as casas eram abastecidas por bombas hidráulicas submersas, instaladas dentro de poços artesianos e movidas a diesel.

À noite, contavam com a luz das estrelas, e da lua, e das tochas. Postes rústicos de madeira sustentavam tochas acesas a partir das seis horas da noite. Sem eletricidade, os radiofônicos funcionavam à base de pilhas trazidas por caminhoneiros que reabasteciam as bebidas no estoque dos estabelecimentos – um local pode não ter luz, água nem esgoto, mas não deixa de ter garrafas de pinga e cerveja. Uma vez, enquanto reformava o telhado da casa do soturno Francisco Matagal, Tobias escutou vinda de um botequim a narração ao vivo de um gol do garoto Allejo, antes de ele ter sido considerado o melhor jogador do mundo.

Foi o primeiro dia em que tentou se matar.

Não houve muito planejamento. Simplesmente caminhou até o beiral e contou seis passos. Precisava apenas de sete para morrer. Observou o chão dez metros abaixo e visualizou o crânio estourando e sendo estilhaçado após o choque com o chão de terra. Imaginou-se morto com os braços abertos, feito um avatar na cruz. Era o mais próximo que conseguia se ver de uma figura divina, o que não deixava de ser curioso. Em sua triste existência, seu momento mais divino poderia se dar exatamente na escolha da morte.

Nunca em vida.

Apenas na morte.

Contudo, naquele dia, ele não pulou. O sétimo passo nunca foi executado.

Até mesmo a morte de um pecador deveria ser natural.

Foi no primeiro dia em que tentou se matar que Tobias bebeu muito além do que devia. E caiu no chão. E adormeceu sobre a terra. Depois do banho frio, Anastácia Handam deu-lhe o que comer e o colocou na rede para dormir. Quando ele acordou no dia seguinte já era dia e havia na mesa um prato de sopa. Tobias entrou naquela casa tomado pela vergonha, com o corpo endurecido e os olhos baixos. Mãe Anastácia não disse uma palavra dura, não fez um único sermão justificado nem elevou a voz em qualquer momento. Tratou-o como o homem digno que não era e o fez comer à mesa com suas cinco crianças.

Ele nunca esqueceu.

E, apesar de vez ou outra se render ao vício que o corpo doente exigia, havia decidido, se não parasse de beber, ao menos pararia de tentar se matar.

Entretanto, você sabe como são os pecadores.

Nem sempre é fácil cumprir essas promessas.

Ali, diante de sua impotência e com aquela mulher à frente desfalecida, Tobias olhou para os céus e orou. Pediu a espíritos maiores que escutassem as preces de um desonrado. E então chorou com sinceridade, como todo verdadeiro homem faz para lavar a alma quando sente que a vendeu.

Foi quando ouviu a porta se abrindo e os outros entrando.

Francisco Matagal, o sinistro fazendeiro manco, correu, na medida em que a perna direita permitia, e fez a primeira respiração boca a boca. Procurou no meio do tórax o osso esterno. Posicionou a mão na metade inferior, entre a metade e a base do osso e colocou a outra por cima. Com os braços esticados, apertou o tórax, pressionando o coração no ritmo de uma compressão por segundo. A cada parada para a respiração boca a boca, verificava se o pulso havia voltado, pressionando os dedos sobre a traqueia de Anastácia Handam. Foi assim que ajudou a mulher. E não estava sozinho.

Tobias reconheceu Hugo "El Diablo", que era o dono tatuado do botequim, e também padre Paulo, o padre renegado responsável pela capela local. Carlos Handam, o filho do meio, envolveu os ombros da caçula Carolina, assumindo o papel do irmão mais velho, que nunca estava ali. Independentemente de suas presenças, o mundo de Anastácia continuava escuro.

Até que *ele* chegou.

Entrou devagar. Quando andava, fazia barulho. Colares saltavam de maneira cadenciada, pulseiras retiniam e adornos nos pés tilintavam, anunciando-o. O barulho, diziam, espantava os maus espíritos. Os moradores o conheciam como o Antigo. Era um homem corpulento, com a pele sulcada e coberta por resquícios característicos do tipo de índio que nasceu dono da terra e a viu ser tomada – se não pelos deuses, pelos homens. Pelo tamanho do corpo aliado às cicatrizes e às marcas de símbolos esquecidos, mais parecia um lutador de luta livre aposentado. Agulhas lhe perfuravam pontos nas orelhas e se projetavam para além da carne. Havia colares compostos de ossos sujos e dentes de animais. As pulseiras eram adornadas com sementes. Via-se nele os olhos sulcados e as marcas de vida nas veias esverdeadas. Via-se o poder do Tempo. Via-se a si próprio.

As pessoas daquele lugar o temiam. E o respeitavam. Sem interromper a massagem cardíaca que Francisco Matagal aplicava, o índio se posicionou perto da mulher. Agitou chocalhos, acordando o que quer que pretendesse acordar, deu a ela o que cheirar e fechou os olhos, orando através de cantigas. Foi assim que Anastácia Handam ressuscitou. E as crianças irromperam em gritos. As mulheres agradeceram a mais deuses do que podiam contar. O firmamento rufou com fúria de felicidade.

E então os homens sorriram, enquanto os céus choravam.

Era uma troca justa.

CAPÍTULO QUATRO

Gualter acelerou o conversível em velocidade uniforme pela rodovia como se o fim do mundo estivesse próximo. As mãos tremiam no volante. Os pensamentos se embaralhavam na cabeça conturbada. Tivera um sonho confuso, do qual pouco se recordava, e que deixava como lembrança principal apenas uma palavra que não fazia sentido.

Curuton.

Ele se perguntou se seria alguma nova palavra estrangeira nascida em tempos de internet. Deixou de lado a preocupação para, em vez de focar na estrada, olhar para o alto. O céu estava nublado, cinza e escuro. Ele estava tenso. Não queria vislumbrar raios, trovões nem relâmpagos. Não queria escutar o bater das gotas no metal do veículo. Não queria sentir o cheiro que antecipava o fenômeno. Desejava mais do que tudo que aquele céu permanecesse impassível como naquele momento.

Mas sabia que seria impossível, afinal a um mortal não é permitido exigir nada das leis da natureza. Ainda assim, Gualter Handam torceu para que o cheiro não viesse.

Nutria um ódio visceral pelos dias de chuva.

A garrafa de vinho tinto havia sido trazida pelo garçom, um senhor calvo, que exibia olheiras. O *sommelier* era especializado na adega da casa e na elaboração da carta de vinhos. Vestindo roupas confortáveis, serviu primeiro a dama e encheu três quartos da taça. Depois, Gualter. E então desapareceu como se nunca houvesse estado ali.

– Você está me dizendo que teve uma alucinação? – perguntou Marina, espantada com a história.

– Não seria algo impossível. Alucinações acontecem quando o metabolismo do cérebro é alterado.

– E algo assim aconteceu com você ultimamente?

– Quem vai saber? – disse ele, bebendo o vinho cor de sangue. – Talvez. Alucinações podem ser associadas a estresse e fadiga, ou até perturbação de sono.

– Você não tem dormido bem?

– Tenho dormido pouco.

– Tem tomado medicamentos?

– Nada que não seja legal.

Marina olhou para ele, séria.

– Ei, não estou usando drogas, ok? Quis dizer café... – Ele riu.

– Como assim? – Ela, não.

– Psicólogos de Durham sugeriram em estudos que beber grandes quantidades de café gera probabilidade de ouvir vozes, sentir presença de mortos e ver coisas que não existem.

– Ah, estava demorando... – suspirou ela. – Você e seus estudiosos...

– Certo – o tom dele era cínico –, então delírios desse tipo nem sempre seriam alucinações de autoscopia?

– No seu ponto de vista, provavelmente...

– E no *seu* ponto de vista seriam o quê, então?

Ela hesitou, como se decidisse se valia mesmo a pena responder. Ele acenou para encorajá-la.

– Algumas culturas indígenas interpretam tudo isso como uma forma de sonhar e experimentar vivências do espírito fora do corpo.

– Ah, estava demorando. Você e seus índios...

– Deixe de ser estúpido! – disse ela com bom humor em meio a ofensas, como fazem os amantes. – Se você saísse do seu mundinho e fosse comigo até locais como esses, veria com os próprios olhos.

– O que importa é que o que vi com meus próprios olhos hoje, seja lá o que for, me salvou a vida.

Ela pegou a mão dele, como qualquer ser humano faria diante de uma pessoa que sofreu algum trauma.

– Mas você deveria participar de um ritual desses um dia e agradecer pelo que recebeu! – emendou ela, aproveitando a guarda baixa.

– Você está falando sério?

– Se não fosse o altruísmo de espíritos assim, você estaria morto hoje.

Do lado de fora, a chuva continuava a cair.

Levantou-se no meio da madrugada. Estava nu. Vestiu um roupão de seda com ideogramas japoneses que disseram a ele significar "paz", dependendo da posição da cabeça quando se olhava. Na cama, Marina dormia profundamente. Estavam no apartamento de Gualter; cobertura, bairro nobre, elevador próprio, banheira de hidromassagem, televisão de tela panorâmica. Os desenhos em grená dos quadros com assinaturas valiosas refletiam a luz acobreada da sala, e o laqueado de algumas esculturas brilhava na penumbra.

A vida de um psicólogo não costumava ser assim. Na medida em que a cartela de clientes foi aumentando, Gualter Handam aos poucos abraçou a responsabilidade de se tornar uma referência. Um professor renomado o tomou como pupilo e o indicou a seus melhores clientes ao se aposentar. Gualter deu entrevistas em *talk shows*, escreveu três livros, ministrou workshops. Contava com a sorte, mas também com a astúcia. Sabia onde encontrar minas de ouro.

Contudo, ainda não estava satisfeito.

No fundo, queria encontrar um assunto ainda inexplorado na psicologia. Buscava na física suas motivações. Invejava Newton. Invejava Einstein. Queria ter sua própria lei, inventar sua própria teoria da relatividade, ou ao menos descobrir uma falha em alguma das existentes. Queria ter um distúrbio com seu nome, queria ser o descobridor de uma cura.

Gualter Handam queria sentir-se imortal.

Pensava nisso quando o telefone tocou. Assustou-se com o toque. Eram quatro da manhã. Nas mãos, uma caneca de café estampada com um polegar para cima de "curtir". Era a sétima rodada de café daquele dia. Em todos aqueles anos ainda não se acostumara com as ligações durante a madrugada, embora não reclamasse delas. Acreditava que não tinha o direito, pelo absurdo que cobrava por suas consultas. Essa disponibilidade em emergências era um de seus diferenciais. Não eram todos os profissionais que gostavam de conversar com clientes sem hora marcada.

Mas problemas não aparecem em hora marcada.

E é sempre ruim quando alguém que o ajuda a pagar suas contas se mata.

– Alô? – Gualter tentou disfarçar a voz de sono.

Não conseguiu.

– Doutor Handam? – Uma pausa, que precedia a curiosidade sobre o incômodo. – Oi! É a Elisabeth. Desculpe ligar a essa hora. Mas é que...

– Não se preocupe comigo, senhora Cordeiro! – respondeu rápido, reconhecendo a voz. – Sabe, a senhora me salvou! Se não tivesse me acordado agora, de manhã veria meu gato esparramado na rua. Acredita que ele já ia atacar um ninho de passarinho? E do jeito que os filhotes estavam distantes da janela, ele pelo visto viraria asfalto!

Foi Deus quem mandou a senhora me ligar! – Do outro lado da linha, Elisabeth riu. Aquilo era bom.

– O senhor tem um gato? – a voz nervosa se estabilizara.

– Tenho. Um persa chamado Tom.

Não havia ninho de passarinho próximo da janela de vidro filmado. Na verdade, não havia nem mesmo um gato.

– Um dia espero apresentá-lo a você.

Na TV. Provavelmente em uma reprise. Perseguindo Jerry.

Elisabeth riu mais uma vez. A voz já mais solta, a tremedeira diminuindo. A mulher era de origem hispano-brasileira e tinha porte físico clássico. Seios médios e quadris largos espremidos em calças justas. Gualter sabia bem qual era o problema de Elisabeth Cordeiro. Montou rapidamente o cenário, aproveitando o estereótipo.

Coroa. Ricaça. Enxuta.

Constantes dificuldades de relacionamento.

Insegurança.

Crise existencial.

Dependência de antidepressivos.

– Ah, Elisabeth, sabe o que li hoje na internet? – O diálogo aos poucos era sutilmente nivelado ao mais próximo possível de uma conversa informal.

– O quê, doutor?

– Na Inglaterra elegeram o povo brasileiro como o mais sexy do mundo, acredita?

– É mesmo? – Do outro lado da linha, Elisabeth sorriu. Na prática, uma pesquisa como aquela em nada modificava a realidade do povo brasileiro. Já na de alguém que acha que tem problemas sexuais, sim. O curioso era que, por mais primário que pudesse parecer, o raciocínio funcionava *mesmo* da seguinte forma: Brasileiro = mais sexy do mundo. Eu = brasileiro. Eu = mais sexy do mundo.

Foi por isso que Elisabeth sorriu.

— Sim, as brasileiras são reverenciadas no mundo todo, sabia? Lembra aquela cantora americana, a Britney... Britney... como é mesmo, meu Deus? — Ele sabia o restante do nome. Mas precisava confirmar a atenção da outra pessoa.

— Britney *Spears*?

— Ela mesma! Quando a turnê dela passou pelo Brasil, ela ficou alucinada com a sensualidade das brasileiras, acredita? Li até que comprou uma daquelas calças de funkeiras.

— Ah, mas ela pode...

— E os ingleses têm moral para falar. Eles têm como representante, por exemplo, até aquela... como é o nome... que parece com você um pouco... a esposa do Michael Douglas...

— A *Catherine Zeta-Jones*? — A voz desequilibrada subiu de tom bruscamente.

— Isso, essa daí mesmo!

— Você me acha parecida com ela? — Um sorriso nascia dos dois lados da linha.

— Claro! O Jefferson, aquele rapaz que recepciona as pessoas lá no prédio, até estava comentando isso outro dia...

O curioso era que Jefferson nunca havia sequer reparado em Elisabeth. O silêncio que se seguiu comprovava a perplexidade de uma madame. *De repente*, não havia mais problemas. Um doutor de renome a havia elogiado; um muito bonito, pergunte às amigas dela. E outro rapaz, ao menos dez anos mais novo, a tinha comparado à Catherine Zeta-Jones, em seu auge. Fora que ela tinha metade do sangue brasileiro, o povo mais sexy do mundo, pergunte aos ingleses.

Em uma lógica distorcida, isso significava que ela era mais sexy do que a Catherine Zeta-Jones.

Gualter sabia que era hora de terminar a conversa. Marina levantara para ir ao banheiro. Estranhou o namorado com o telefone na mão em uma hora daquelas. Já estava se dirigindo na direção dele, quando ele intimou:

25

– Rápido! Imita um gato! – sussurrou Gualter, apertando o dedo contra a entrada de áudio do telefone.

– O quê? – Marina achou que era o sono.

Tinha de ser.

– Vai logo! Imita um gato de uma vez!

Ela continuou abobalhada. Gualter estava com os olhos arregalados e os dentes trincados, como se estivesse *realmente* falando sério.

– Ai, meu Deus! O psicólogo precisa de um psicólogo!

Gualter se segurou para não rir. Pegou uma almofada próxima e arremessou na direção dela.

– Imita a porra de um gato! – exigiu com a voz abafada.

Marina ficou sem jeito, como um ator obrigado a improvisar inesperadamente um bordão famoso a pedido de uma fã.

Limpou a garganta.

– Hã-hã... Miiiiaaauuuuu!!!!!

– Porra, isso é um gato ou um leão gripado?

– Ah, vai-te à merda! – Ela colocou as mãos na cintura, ofendida. – Eu tô aqui bancando a palhaça às quatro da manhã e você ainda vai me sacanear?

– Tá, desculpa! Mas faz com mais... vontade!

– Ai, cacete! – Ela limpou a garganta novamente. – FFSSS!!

Gualter tirou o dedo do telefone.

– Doutor Handam? – estranhou Elisabeth.

– Oi, desculpa, Beth! – E o "Elisabeth" virou "Beth". – É que o meu gato tá danado! Tá escutando?

– FSST!!! FSST!!! Miauuuuuuuuu!!! FFSSSS!!!

– Nossa! Ele está bravo, é?

– É – Gualter segurou o riso –, acho que ele tá no cio!

Marina fez uma careta *muito* invocada, novamente com as mãos na cintura.

– Ah, tadinho! Então vai lá, doutor! Depois a gente termina a nossa conversa.

– Tá certo. Mas passe no consultório essa semana. Vou mandar minha secretária marcar um horário.

– Muito obrigada, doutor Handam! Foi ótimo falar com o senhor e desculpe o horário.

– Nada! Não se preocupe com isso... – E desligou. Olhou a cara invocada da namorada.

– *No cio*, né?

– Mas que violência toda é essa? – Gualter começou a fugir lentamente pelos cantos da sala. Até disparar de vez pelo apartamento, enquanto Marina corria em seu encalço com um tamanco na mão.

– Vem aqui, seu cachorro! E pode explicando quem diabos é essa tal de "Beth" que liga pra você às quatro horas da manhã!

Sem sombra de dúvidas, Gualter Handam adorava sua vida.

O telefone tocou mais uma vez. Gualter se jogou no sofá e atendeu sorrindo. Por um momento achou que Elisabeth Cordeiro ainda precisava de atenção.

– Alô...

– Gualter? – A voz era masculina, tinha um ar de preocupação e Handam lamentou não conseguir identificar de imediato.

– Olha aqui, se essa mulherzinha está pensando que... – Marina retornava à sala, ainda invocada. Gualter fez um sinal com as mãos, e, pela expressão, ela entendeu que o caso era sério.

– Sim, sou eu mesmo. Pode falar, senhor...

– Aqui é o Pedro, cara...

O cérebro iniciou um processo parecido com o de um computador realizando uma busca por palavras-chave.

– Senhor Pedro, o senhor pode me ajudar a lembrar de onde...

– É o Pedro "Pregador", cara.

Gualter ficou mudo. A garganta secou. Aquilo era surreal demais para estar acontecendo.

Gualter Handam lembrou quem era aquela pessoa.

E, ainda assim, era surreal demais para estar acontecendo.

– O Pedro *acendedor*? – perguntou ele, como se o termo fizesse sentido e a resposta fosse perigosa ao coração.

Pedro "Pregador" Mathias. O amigo de infância. O garoto que recebera o apelido por adorar pregar peças, a começar pelo próprio apelido, que obrigava a pessoa a enrolar a língua para pronunciá-lo rapidamente por três vezes.

Aquela conversa poderia ser até normal, se não fizesse mais de dez anos que não falasse com Pedro "Pregador" Mathias.

– Como... co... mas, caramba, cara! Como você achou meu telefone? E como você está? Você está em Véu-Vale ainda? E o que houve com a sua voz? – Eram tantas perguntas que tinha que frear o impulso de fazê-las ao mesmo tempo.

– ... Tua mãe teve um infarto, irmão.

O conversível acelerou a toda mais uma vez naquelas estradas em meio à chuva. Parecia que sim, mas, na verdade, o veículo não corria como se fosse o fim do mundo.

Corria em direção ao fim do mundo.

CAPÍTULO CINCO

– É PERTO DAQUI? – perguntou ela, observando uma fileira de casas, diferentes na luz, embora parecidas na escuridão.
– Em Véu-Vale tudo sempre é.

Localizada em um terreno mais ou menos plano, à margem de um rio que formava pequenos lagos de acordo com as depressões, o nome vinha da abreviação popular de *Vale do Véu*. Em suas ruas sem asfalto e iluminação, era raro ver um automóvel de última geração dividir as estradas de terra com bicicletas de poucas marchas.

A chuva havia transmutado a terra em lama e fora preciso estacionar um tempo em uma parada de borracharia improvisada próxima ao vilarejo, comum aos viajantes. Cada quilômetro era percorrido de maneira arrastada e, a cada casa de pau a pique observada sem muita atenção, um turbilhão de memórias incômodas e destrutivas assolava o visitante. Fazia mais de dez anos que não pisava naquelas terras. E, como todo homem que passa tanto tempo longe de casa por opção, acreditava ter um motivo justo para isso.

Saíra dali uma vez. Voltara. Saíra novamente. Agora, retornava uma vez mais sem desejar.

Essa era a pior parte.
Sem desejar.

A verdade era que sempre fora diferente daquelas pessoas, apesar de ter sido criado no mesmo local. Ele sabia disso. A família sabia disso.

Véu-Vale inteira sabia disso.

Ao contrário dos outros, Gualter Handam não tinha o desprendimento de ser apenas como seus pais. A vontade de ser mais do que era, embora não fizesse ideia ainda do tamanho do mundo, fez com que aos dezoito anos arrumasse suas poucas coisas e comunicasse à família que estava de partida. Simples assim. Não foi um pedido. Não foi uma consulta.

Foi um comunicado.

Havia conversado com um homem que lhe contara sobre a vida nas grandes cidades. Sobre vestibulares e faculdades e shopping centers e muitas coisas esdrúxulas que ele passou a querer conhecer. E foi assim, com o pensamento queimando em memórias mal resolvidas, que ele chegou à casa pretendida. Desceu do carro.

E encarou Véu-Vale.

Do banco do passageiro, Marina desembarcou afoita. Estava curiosa; Gualter nunca falava de Véu-Vale nem da família. Era *incomodamente* reservado sobre o assunto. Quatro anos, ou um pouco mais, sem nunca a ter convidado para ir até lá ou mesmo comentado sobre o lugar.

— Isso é braúna — disse ela, fascinada, ao observar a madeira da porta de entrada.

— Isso deveria ser impressionante?

— Para um psicólogo, não. Para uma historiadora, sim. — Ela bateu na madeira. Três vezes. — Não se comercializa mais.

— Nunca pensei que diria isso, mas pelo visto você vai amar esse lugar.

Marina continuou a observar os detalhes, imaginando há quantos anos aquelas casas se mantinham de pé, quem as havia construído e quais as histórias daquele local. Sabia, porém, que não era hora de se animar.

A mãe do noivo poderia estar morta.

Gualter entrou pela casa, taciturno. Havia cinco pessoas e nenhum bom olhar. Todas o encararam e se surpreenderam, como se vissem um vulto que não deveria estar ali. Na mente de Gualter, porém, cada rosto trazia conceitos fragmentados mais impactantes que a visão de qualquer fantasma.

E ali estavam...

Tobias...

o bêbado suicida.

Padre Paulo...

*acusado de molestar coroinhas e enviado
a uma capela de fim de mundo.*

Hugo "El Diablo"...

*o ex-presidiário que ganhava a vida
servindo álcool a bêbados suicidas.*

Carlos, o irmão do meio...

aquele que renegara seu sangue.

E Pedro "Pregador" Mathias...

o eterno e pacato subserviente.

Todos pareciam os mesmos. Era como se Véu-Vale vivesse em uma espécie de redoma; um mundo próprio perfeito, imutável e harmônico que homem algum poderia deturpar. Ou deturpar *ainda* mais.

No sofá, Anastácia tinha os olhos cerrados e a respiração curta. Gualter, o filho mais velho, este sim tão mudado que mal parecia o mesmo que crescera descalço naquele lugar, aproximou-se. Reparou a marca de nascença que ela tinha no pescoço, em formato de cruz. A marca que uma mulher teria se nascesse abençoada. Ou se concedesse bênçãos. Parou ao lado dela e lhe tocou a mão. Ela abriu os olhos e sorriu. Ele sentiu a base tremer naquele sorriso. Mas captou mais naquele olhar.

Gualter se lembrava de antigamente e do que eram Jerônimo e Anastácia Handam juntos. Para o falecido homem, o conceito de família começava com ela. Gualter se lembrava das brigas entre eles, muitas vezes com vidro se partindo nas paredes. As piores discussões, porém, eram as de poucas palavras e silêncio entre as frases. Por mais árduas que fossem, e por mais duradouros que se mantivessem os silêncios, ainda assim não eram o mais marcante nas lembranças fragmentadas. O mais marcante era sempre o que vinha depois.

Porque depois de cada discussão vinha o *olhar*.

Gualter, desde pequeno, percebia isso nos pais: a forma como se comunicavam pelos olhos. E, de todos esses diálogos sem sons, o que ficara gravado com mais força era a forma como ambos diziam em silêncio: "eu te perdoo".

Era assim que era feito entre eles. Em nenhum momento havia a frase.

Apenas a expressão.

O mesmo olhar que ele recebia da mãe naquele instante, perfurando-lhe com tudo o que não precisava ser dito. Rendido, Gualter baixou os olhos e não conseguiu focar nos olhos da mãe por muito tempo.

Não que se sentisse culpado.
Apenas não sabia se expressar em silêncio.

Passado o momento, Anastácia agradeceu a presença de cada um e pediu para ser levada ao quarto, afinal, uma mulher doente precisava descansar. Gualter quis ajudá-la, mas os outros homens tomaram-lhe a frente e seguiram com a senhora para o quarto, deixando-o na sala com a Marina e o irmão do meio. Aquilo forçou o encontro. O temido reencontro. E tudo mais o que acontece com irmãos que não cresceram juntos.

– Olá, Carlos. Que bom que ela está bem... – disse Gualter com a voz fraca. Talvez pela preocupação com o estado da mãe.

Talvez pelo reencontro.

– É. Ela tá – respondeu o irmão com firmeza. – Mas, pelo visto, tu não...

– Estou só cansado. – Houve uma pausa. E um devaneio: – Por algum acaso, já existe um hotel por aqui?

O irmão riu. Metade do riso era graça. Metade, sarcasmo.

– Tu tá de brincadeira, né?

Gualter analisou o que havia perguntado. Sentia-se, porém, cansado demais até mesmo para se sentir estúpido.

– É o cansaço...

– Por que não deita um pouco? Com esforço, você pode se sentir em casa.

Gualter ignorou o significado por trás das palavras.

– Essa é Marina. – Ele apontou para a jovem que estava de pé, observando os dois com o rosto mais simpático que conseguia. Uma expressão que contrastava com a tensão. – Marina, esse é Carlos, meu irmão do meio...

Marina estendeu a mão com um sorriso e Carlos a apertou. Marina ainda ficou imóvel por alguns segundos, esperando um ou dois toques de face dos cumprimentos tradicionais, que não aconteceram. Em vez disso, Carlos beijou sua mão.

– A bênção, senhora.

– Ainda não casamos – disse Gualter, como se aquele mundo, apesar de distante, ainda fosse próximo. O irmão riu novamente.

O riso era todo sarcasmo.

– E como eu poderia saber, não é?

Gualter entendeu. Mas estava decidido a não se deixar atingir. Não nesse dia.

– Tem lugar pra nós dois?

– Sempre há um quarto sobrando.

O homem ficou mudo. Marina não era psicóloga, mas notou que havia algo maior naquela interação do que ela podia perceber. O ambiente, de repente, ficara ainda mais pesado, como se repleto de chumbo no ar.

Uma menina, porém, mudaria isso.

Ela entrou pelos cantos, como se temendo que alguém a visse e a mandasse novamente para o quarto. Era a irmã, a *sua* pequena irmã, que vira nos braços da mãe havia mais de uma década, agora quase adolescente, aos onze anos, com a pele queimada de sol e os cabelos, antes claros, escurecidos.

– Essa é...

– Carolina, pede a bênção pro irmão mais velho... – disse Carlos, sem a certeza da seriedade ou da ironia.

Carolina se aproximou tímida, abraçada a uma boneca de pano. Os olhos não mentiam: ela não reconhecia Gualter. Nem poderia. Havia nascido no mesmo ano em que o irmão mais velho fora embora.

– A bênção, irmão – disse a menina, enquanto beijava a mão de Gualter.

Ele travou, sem jeito.

– Não vai abençoar tua irmã? – perguntou Carlos, observando-o firme.

– Deus a abençoe, querida... – disse Gualter, enfim, com o tom de quem fazia algo pela primeira vez.

A menina saiu, levando a boneca consigo. Marina achou a menina uma graça, embora ela houvesse ignorado sua presença.

Os homens então fizeram barulho, anunciando que já haviam deixado Anastácia deitada. Gualter se apressou em direção ao quarto vazio, puxando Marina consigo. Não queria ter de conversar com qualquer um deles, não naquele momento. Não naquele dia. Mas não foi bem assim. Quando o mundo deixou de parecer difícil ou escuro ou nebuloso, a visão que ele tentava dispersar cruzou com a última figura que saiu do quarto. Gualter sentiu um aperto no peito.

Do outro lado, o homem parecia compartilhar o sentimento.

Era Francisco Matagal...

o homem que matou seu pai.

O fazendeiro sombrio não disse uma palavra. Gualter Handam também não. E foi em silêncio que o homem velho se pôs a caminhar na direção da saída, onde seus dois capangas o esperavam.

Do lado de fora, a chuva dera uma trégua.

Quando a porta se fechou, Gualter virou-se para Carlos:

– O que ele veio fazer aqui?

– O que tu não fez...

A frase era dura e injusta. E não era de todo verdade.

Mas doía ainda assim.

Gualter entrou quieto no quarto vazio com cheiro de mofo. Flores se erguiam na janela em pequenos vasos. Perto da janela um aroma de jasmim predominava. Em qualquer outro ponto, o de mofo. Observou o horizonte do outro lado. A cama rangeu quando se sentou. Se em uma situação hipotética houvesse por aquela janela adentrado um raio de sol da manhã, poderiam ser vistas partículas de poeira flutuando em abundância.

Mas não havia raio de sol algum.

– Hum... sente o cheiro... – Marina estava na janela, inspirando fundo.

– Eu odeio esse cheiro. Ele me traz lembranças... – Gualter limitou-se a dizer, observando o teto com descaso.

– Como assim *lembranças*? Você nunca me falou disso...

– Nunca tive por que falar sobre isso.

Ela estranhou o jeito seco. Resolveu não insistir. Alguma coisa ali estava realmente errada.

Pegou um novo conjunto de roupa em sua bolsa, imaginando o quanto de coragem seria preciso para se lavar a canecas de água gelada. Abriu a gaveta de um criado-mudo de madeira ao lado da cama, na intenção de guardar o celular inoperante.

Lá havia um terço.

– Você sabe o que é sinestesia?

Marina levou um susto com a pergunta. Quando se virou, Gualter estava na janela observando o céu escuro.

– Acho que sim. É um trabalho de equipe em prol de um objetivo.

– Isso é "sinergia". Sinestesia é um caso científico. É a condição de quem tem algumas ligações cerebrais cruzadas que ligam um sentido a outro...

– Como assim?

– Toda vez que a pessoa se deparar com a cor amarela, por exemplo, ela pode acabar associando-a a um gosto amargo.

– Interessante! Mas o que tem a ver com você? Você tem isso?

– É como se eu tivesse.

– E qual o motivo dessa *quase* sinestesia?

– O cheiro. Ele traz o gosto... – Ele passou os dedos entre os lábios e os observou, como que procurando ali encontrar resquícios de algo que não existia. – É algo tão vívido, que sinto vontade de vomitar.
– Um *gosto*? – Ela parou, impressionada. – Mas um gosto de quê?
– Um gosto de sangue.

Definitivamente, alguma coisa estava errada.

CAPÍTULO SEIS

– É TU MESMO, meu filho? – perguntou ela, na voz idosa que as mães usam com os filhos, mesmo as mais jovens.

O filho apertou os olhos. Não chorou. Tentou sorrir mais uma vez. Não foi assim tão fácil.

Mas conseguiu.

– Sou eu. Mas não fala, descansa. Vou cuidar das coisas por enquanto, só não assusta mais o pessoal, certo?

A mãe riu, como um adulto ri da piada inocente de uma criança por se lembrar da própria infância.

– Cuida de ti, garoto. Cuida bem de ti, que assim tu cuidas de mim...

Gualter sorriu sem esforço. Adorava o jeito de falar da mãe. Lembrou-se imediatamente do quarto irmão.

César Handam...

derrotado por ela.

Uma vez, após uma aula de português num lugar improvisado como a única escola do vilarejo, eles haviam voltado para casa, e César, ávido por demonstrar conhecimento, corrigiu a mãe na frente dele. Gualter aplicara-lhe um tapa violento na nuca para que nunca mais a corrigisse. César, contudo, era assim. Era afoito. Era ávido. Era capaz de coisas estúpidas e sem sentido.

Estúpidas a ponto de arriscar sua vida.

Anastácia fechou os olhos e o filho levantou-se para sair com um copo vazio. No caminho, os passos no chão de madeira lembravam os baques incômodos de um sonho difícil na noite anterior. Reparou na porta aberta do quarto de Carolina. Entrou sem pedir licença.

– Desenhando?

Carolina arranhava gizes de cera nas cores vermelha e laranja em uma folha amassada. Não respondeu ao irmão.

– Posso ver?

Carolina hesitou um momento e Gualter percebeu. Fazia parte de seu trabalho perceber as reações e os trejeitos de uma resposta. Esperou. A menina decidiu-se por oferecer primeiro a folha de papel amassada, que ele pegou e começou a buscar detalhes, enquanto a caçula continuava a desenhar o que quer que estivesse a desenhar na outra folha amassada.

Gualter reparou nos detalhes do desenho que estavam em laranja, como a casa, as árvores, o sol e o corpo do homem.

Mas reparou ainda mais na cabeça e nas nuvens em vermelho.

Não quis tirar conclusões precipitadas. Forçou um sorriso e virou o pescoço um pouco para o lado, como costumava fazer antes de falar com crianças:

– Bonito! Mas é assim mesmo, com tudo laranja, e a cabeça do sujeito e as nuvens em vermelho?

– Ahã. – Ela arranhou a garganta. Achava engraçado o jeito dele de falar. "A cabeça do sujeito" era um termo estranho e engraçado para ela.

– E quem é essa pessoa?

– Você.

Gualter hesitou. Ficou imóvel. Piscou três vezes. Franziu a testa. Aquilo fora inesperado. Pensou em perguntar o que significava, mas não queria tratar a irmã como uma paciente fora do consultório. Já tivera várias discussões com Marina por esse motivo.

– Posso ficar com ele então?

– Pode – disse a menina deitada de bruços, sem olhar para o irmão nem interromper a finalização do novo desenho.

Gualter percebeu que o outro desenho estava pronto e perguntou de forma discreta se poderia observá-lo melhor, como fizera com o anterior.

Nele havia duas pessoas, também com os rostos redondos dos desenhos infantis. Uma de frente para a outra, e obviamente cada uma de um sexo, detalhe facilmente identificável pelo tipo de cabelo e, principalmente, pela roupa, pois a da mulher era um vestido duro na forma de uma cabeça alongada de abajur.

Percebeu as cores.

As pessoas eram desenhadas na cor laranja, mas pintadas com detalhes em vermelho. E, entre elas havia um símbolo que lembrava uma nuvem, também desenhado com o giz vermelho.

– E quem são esses dois?

– São duas pessoas, ué! – A simplicidade da resposta deixava o psicólogo com a impressão de que ele não era lá tão esperto quanto pensava.

– E... ãh... elas são amigas?

– Claro que não! São namorados. Não tá vendo o coração?

Gualter olhou melhor. *Óbvio* que era um coração. Igualzinho ao de qualquer teste psicotécnico. Logo, notou também que os detalhes em laranja do coração vermelho deviam ser flechas e o desenho significava uma mão empurrando o coração num balanço.

Por muito pouco não soltou o copo vazio.

– Carolina, com quem você aprendeu a fazer esse desenho?

– Com a minha professora – respondeu ela, a tônica da frase reforçando o temor dele.
– E como é o nome dela?
– Tia Mariane.

O copo vazio sofreu a ação da gravidade e se partiu.

CAPÍTULO SETE

O VELHO ÍNDIO TATUADO observava uma abelha dançando perto de uma colmeia. Abelhas são as grandes dançarinas da natureza. Quando uma delas descobre uma nova fonte de sustento, voa de volta para a colmeia a fim de indicar o caminho às outras. Lá é rodeada pelas companheiras, enquanto ela para e dança o símbolo do infinito. Por fim, todas saem juntas e seguem para o local indicado, deixando para trás apenas a pergunta: como elas sabem onde é o local indicado?

Refletindo sobre a dança daquele inseto, o índio olhou para os céus que permaneciam nublados durante os últimos três dias.

O sol ainda estava distante de Véu-Vale. O homem pisou na terra fofa. Olhou para os céus uma vez mais. Sentiu a fragrância da chuva inevitável.

– Que os deuses nos ajudem uma noite mais.

Coisas ruins estavam para acontecer.

CAPÍTULO OITO

Marina estava sentada em uma cadeira de metal carcomido. El Diablo colocava uma segunda cerveja em cima da mesa retrátil quando Gualter chegou. Ele puxou uma cadeira para o lado dela e o metal arranhou o piso com um barulho estridente.

– Vejo que está se adaptando bem a Véu-Vale... – disse Gualter ao sentar.

– Não é de todo ruim – respondeu ela. – Não que eu fosse aguentar viver em um lugar assim por muito tempo, mas para passar uns dias é legal, você não acha?

Ele parou para pensar. Apertou os lábios.

– Claro – respondeu.

Dali podia ver as casas feitas pelas mãos dos moradores mais antigos e a estrada que não conhecia asfalto. Lembrava de grande parte das portas abertas no passado e a maioria continuava aberta naquele instante, hábito que ele próprio perdera nos grandes centros urbanos. Havia também, em frente a determinadas casas, e entre os postes de madeira de dois metros e meio com redomas cheias de cinzas no topo, algumas caixas de correio.

Acontecia que em Véu-Vale a figura de um carteiro desfilando pelas ruas era algo tão inesperado quanto um carro conversível. Exatamente por esse motivo os moradores improvisavam poucas caixas de correio que funcionavam de forma coletiva. Quando se lembravam de conferir se o improvável havia acontecido, se deslocavam até essas caixas coletivas e espiavam em busca de algum envelope com seus nomes.

Na maioria das vezes, não havia.

Entretanto, casais de namorados e admiradores secretos costumavam trocar bilhetinhos dessa forma. Era uma maneira divertida de fazer algo diferente por ali. Gualter explicou isso a Marina, mas interrompeu a explicação quando o silêncio do lado de fora foi cortado pelo arrastar de um chinelo na terra, denunciando uma chegada de passos lentos.

O arrastar trouxe mais uma *lembrança*.

Ao longe, a velha senhora veio surgindo, andando devagar com um gingado próprio da idade avançada e uma expressão esperançosa na face experiente. Era uma mulher que trazia no rosto pelo menos oito dezenas de idade, com verrugas do tamanho de comprimidos sob os olhos e o tecido do pescoço desidratado, caído e mole. Os ombros curtos entravam em contradição com os seios tombados sobre o peito, acompanhados pelo imenso quadril e pelas nádegas enormes. O olhar perdido denunciava a teimosia de quem jamais aceitaria estar errada, além da já ausente lucidez do raciocínio. Tampouco parecia se preocupar com a opinião dos outros.

A personificação da idosa esquecida em asilos.

A avó da qual as crianças sentem vergonha quando a escutam chamar por seus nomes na saída da escola.

– Não... eu não acredito – sussurrou Gualter.

– O que foi?

– Não é possível que essa velha ainda esteja viva.

– Quem é ela? – perguntou Marina em tom sério.

– Dona Sansara...

a velha que nunca vive, nem esquece.

Com seus passos, ainda que lentos, a velha senhora chegou ao seu destino, abriu a portinhola e colocou a mão inteira lá dentro. Não havia nada. Como sempre.

– Desde que eu tinha uns sete anos, essa senhora se levanta todas as sextas-feiras e espera o sino bater às seis horas. Então calça os chinelos, desce os três degraus de casa primeiro com o pé esquerdo, depois juntando a este o direito, e assim até o final, inclina o corpo pra frente pra equilibrar o traseiro, arrastando a sola na terra, vai até a caixa de correio, mete a mão lá dentro, vê que não tem nada e volta arrastando o chinelo com a certeza de que na próxima sexta-feira uma carta estará lá.

– Nossa! Vocês sabem mesmo da vida dos outros por aqui...

– Coisa de criança. Houve uma vez que observamos Dona Sansara durante um mês – contou Gualter.

– Não havia muito o que se fazer na infância de Véu-Vale?

Gualter observou os arredores e suspirou ao ver Tobias solitário sentado em uma das mesas, tão bêbado que não deveria ser capaz de dizer o próprio nome.

– Às vezes nem depois de adulto... – Ele suspirou, enquanto fazia sinal para El Diablo trazer-lhe um copo. – Minha mãe está melhor – disse ele de repente, como se o assunto em pauta já fosse aquele.

– Que bom. Sua mãe é forte. E você, melhorou?

– Do quê?

– Não sei, foi você quem acordou gritando à noite.

Gualter se lembrou do encontro com Carolina. Mais uma vez, a resposta ali era *óbvia*.

– Ah, *aquilo*! Tive um pesadelo. Só uma noite de sono ruim.

O copo de Gualter foi colocado sobre a mesa de maneira bruta.

– Quanto ao senhor, obrigado, Hugo.

– Não há de quê... – respondeu El Diablo, forçando a simpatia que a cara fechada não deixava transparecer nem mesmo quando o sentimento era verdadeiro.

– Ele não está falando do copo, Seu Hugo – disse Marina. – Certo, Gualter?

Gualter não disse nada. El Diablo sorriu com os lábios apertados, sem mostrar dente algum e Marina pôde ver a imensa tatuagem que ele carregava no bíceps esquerdo.

A imagem de um diabo sentado.

– Não precisa agradecer, garoto. Tua mãe é mãe de todo mundo.

– Mesmo assim, obrigado por ter ajudado na última vez.

– Eu ajudei em todas elas.

Gualter não respondeu. El Diablo não o estava provocando, mas ele sentiu ainda assim a pontada incômoda de saber que aquele homem estivera mais ao lado da mãe que ele em momentos difíceis, nos quais, pelo visto, ele nunca havia sido sequer comunicado.

Marina percebeu o clima ruim e resolveu mudar o assunto:

– Como chove neste lugar, não?

– Deus brinca com Véu-Vale quando chora – disse El Diablo.

– Poético isso... – disse ela. O encanto era sincero.

– Aqui, minha filha, os homens esperam pela chuva, porque sabem o que significa – disse o homem, alisando a pança e observando o horizonte cinza.

– E o que significa? – perguntou ela.

– Nada demais. Histórias de terror para crianças – interrompeu Gualter. – Não é, Hugo?

– Depende do ponto de vista. – O homem pareceu desafiador naquele momento. Podia ser até que não. Mas pareceu. – Eu chamaria de histórias de terror para adultos...

– Ainda assim, histórias – insistiu Gualter, *sendo* desafiador.

El Diablo olhou para ele como se avaliando dar ou não um próximo passo. Escolheu recuar e apenas aquiesceu, enquanto se afastava de volta ao balcão.

– É impressão minha ou há um clima tenso por aqui?

– Bem-vinda a Véu-Vale.
– O que ele fez?
– Como assim?
– Eu não sou idiota. Ele é um ex-presidiário...
Gualter se surpreendeu com a conclusão repentina.
– Como você sabe?
– A tatuagem...
– Ainda não entendo a dedução.
– Aquilo é uma tatuagem de corpo fechado. Normalmente as pessoas com passados ruins costumam marcá-lo na pele.
– Ou talvez ele simplesmente adore essas coisas.
– Ou talvez ele seja um ex-presidiário.
Gualter bebeu a cerveja perturbado, ainda sem enxergar sentido no raciocínio dela.
– Homicídio...
O que só piorava o fato de ela estar certa.
– Como?
– Ele *matou* um homem uma vez. Não se sabe exatamente o porquê, já que ele não fala sobre isso. O que se sabe é que ele rodou na cadeia por um tempo, lado a lado com assaltantes e outros assassinos.
– E como veio parar aqui? Ele tinha família aqui?
– Não que qualquer um de nós saiba.
– E por que um homem liberto viria para cá?
– Ninguém pode afirmar que ele tenha sido libertado.
Marina quase caiu da cadeira. Olhou para El Diablo, que percebeu que ela o observava diferente.
– Quer dizer que ele é um fugitivo?
– Ninguém sabe.
– E *o que* se sabe?
– Boatos.
– Eu vou tacar essa garrafa na sua cabeça!

O tom saiu mais alto do que ela gostaria, atraindo a atenção de todos. Exceto a de Tobias, ao fundo. Gualter desaprovou Marina com o olhar e respondeu em voz baixa:

– *Dizem* que na verdade ele recebeu um mérito por bom comportamento e foi liberado em um Natal para ver a família. E nunca mais retornou à cadeia.

– E então Véu-Vale...

– Existe lugar melhor para uma pessoa assim passar despercebida pelo resto da vida? Esse lugar é um organismo vivo, parasita. Se você deixar, ele se entranha em você até que se torne indissociável.

Marina se calou. Gualter sabia que isso significava que, ao menos em relação àquele assunto, ela estaria satisfeita por um tempo.

– Tá. Mas e o que as histórias de terror daqui têm a ver com a chuva?

Já *esse* assunto nem tanto.

– As histórias de terror de Véu-Vale acontecem na chuva.

– Sério? E envolvem o quê? Monstros?

– Por aí...

Ele pareceu suspirar. Ela pareceu eufórica.

– E o que os monstros fazem nos dias de chuva? Aparecem e perseguem andarilhos?

– Também, mas essa não é a parte mais assustadora.

– E qual é a parte mais assustadora?

– Quando eles gritam.

CAPÍTULO NOVE

Pedro Mathias era um dos homens responsáveis por acender as tochas de Véu-Vale. A verdade era que havia muitas horas de afazeres para serem distribuídas entre os homens de Véu-Vale.

A das seis da noite sempre era de Pedro Mathias.

Ele não era o único acendedor local, mas também não havia muitos outros, nem tantas tochas assim. As marcações feitas pelos próprios moradores eram de mais ou menos seis colunas de madeira por quilômetro, o que acabava por ocasionar determinadas poças de escuridão. Os homens carregavam lampiões movidos a querosene que iluminavam o caminho, e era fácil entender por que gostavam de se autodenominar os *acendedores*. Tinham uma dedicação quase religiosa ao serviço e os moradores os encaravam exatamente como as pessoas das grandes cidades encaram um carteiro: com a certeza de que eles sempre estariam ali. Fizesse sol...

... ou chuva.

O querosene era levado em pequenos galões. Havia uma grande redoma ao redor do pico de cada coluna de madeira para que a chuva não apagasse o fogo, embora um temporal mais forte sempre derrubasse o poste e espatifasse o globo. Pedro perdera a conta do número de vezes em que erguera postes caídos e recolhera cacos de vidros espalhados.

Ossos do ofício para quem tinha a mesma missão diária havia mais de trinta anos.

E pensar que há pessoas que sequer vivem trinta anos.

Pedro vivia. A mesma vida.

Quando a profissão dos acendedores nasceu, Pedro era um adolescente. No início os próprios moradores eram os responsáveis por acender as colunas de madeira próximas de suas residências, mas isso nem sempre era possível. Não se podia esperar que uma senhora como Dona Aparecida – que Deus a tenha em suas fileiras, porque se não a selecionou Ele talvez não seja um Deus tão bom assim – se erguesse de uma cadeira de balanço aos noventa e dois anos para acender uma tocha em uma coluna de madeira de quase três metros. Foi por motivos assim que o grupo de jovens nasceu.

Eles costumavam cuidar disso por diversão e vontade de ajudar, até que as mulheres, e mais tarde também os homens mais velhos, sensibilizaram-se com aquele grupo de meninos, e passaram a lhes dar comida, e depois presentes, e depois trocados. Com o tempo, o que era apenas uma forma de ajudar se tornou uma profissão.

Os acendedores passaram a viver daquele esforço e a atuar em todo o vilarejo. Juravam entre eles, tal qual um grupo de escoteiros, que *um acendedor sempre ilumina seu caminho*, afinal, todo adolescente sabe que situações como essas passam a sensação de compromisso diante da passagem para o mundo adulto.

No início, havia seis deles.

Só que o tempo passou e os acendedores cresceram...

Um morreu.

Um desistiu ao herdar os negócios do pai.

Dois se afastaram para trabalhar nas terras.

Um fugiu de Véu-Vale e nunca mais iluminou qualquer caminho daquele lugar.

Naqueles tempos, outros foram chamados no lugar deles, mas dos originais restara um, que até hoje andava por todo o vilarejo quando o sino da capela batia seis vezes anunciando que a noite se espalharia por aquela terra. Porque, no fim das contas, Pedro sabia a importância para o vilarejo da existência dos acendedores, e ele fora o único que sobrara. Ele sabia por que ainda preferiam tochas a postes elétricos. Gualter sabia. O vilarejo inteiro sabia.

O fogo espantava os maus espíritos.

Naquela noite e como todas as outras, Pedro caminhava com uma escada retrátil debaixo do braço. Nas costas, uma mochila semiaberta com pedaços de madeira que seriam incendiados e colocados no lugar das toras gastas no dia anterior. Andava um pouco mais rápido que o normal; sabia que a chuva viria. Podia ouvir a movimentação raivosa das nuvens no céu.

Naquele dia, porém, não caminhava sozinho, e a pessoa a seu lado era tão improvável que se tivesse apostado teria perdido tudo. Pois ele jamais esperaria um dia caminhar novamente com o quinto. O penúltimo acendedor.

O que fora embora de Véu-Vale e que Pedro achava que nunca mais voltaria.

– Mas agora que estamos apenas nós aqui, me fale a verdade: não cansa *mesmo* continuar fazendo isso por todos esses anos? Há quanto tempo, Pedro? Vinte anos? – perguntou Gualter, carregando o galão de querosene.

– Provavelmente mais – completou Pedro, sem deixar de se concentrar na função. – Mas é o meu trabalho...

– Admiro sua dedicação.

– Mentira! Tu não admira nada! Se admirasse, não tinha ido embora.

– Você não sabe das situações que eu enfrentei...

— Nem tu sabe das minhas.

Gualter não continuou. Pedro parou em frente à última tora, estendeu e abriu sua escada retrátil.

— Eu chamei você para ir comigo – disse Gualter.

— Eu não tinha do que fugir.

Gualter apertou os lábios. Certos assuntos insistiam em retornar, por mais que fossem pagos para ir embora.

— É curioso ser julgado assim por um sujeito agarrado a...

Houve uma pausa.

— Agarrado a quê? – insistiu Pedro.

— Esqueça isso... – tentou Gualter, sabendo que há frases que não se pode apagar.

— Tu se acha melhor do que eu, né? – Pedro parou o que estava fazendo e olhou para o antigo acendedor com seriedade. O que acompanhou o silêncio daquele olhar fez com que Gualter desse um passo atrás.

— Não é verdade. Você foi meu melhor amigo...

— *Eu fui?* – insistiu ele.

Gualter se sentiu incomodado, talvez com a pergunta, talvez com a intimação. Preparou-se para responder, mas, quando abriu a boca, Pedro já voltara ao trabalho como se a resposta não importasse.

— Mas tu está feliz pelo menos? – perguntou Pedro de repente.

— 'Feliz'? – Um suspiro. – Como assim: 'feliz'?

— É mesmo difícil pra um letrado como tu compreender isso?

Outro suspiro abraçado ao incômodo.

— Quero saber o que significa *na sua visão* essa pergunta, Pedro... – insistiu Gualter, como um adulto paciente diante de uma criança.

— Se alguém com a *tua visão* te perguntasse se tu está feliz, o que tu diria?

— Que eu adoro a minha vida.

Gualter jogou um pouco de querosene na mecha de algodão de uma das toras enquanto Pedro conferia o funcionamento de um isqueiro. Gualter segurou a tora banhada, e Pedro subiu atentamente cada degrau da escada. Quando parou no último e retirou o globo de vidro daquele poste de madeira, ele perguntou:

– Você se lembra de Herbster?

O Antigo...

o homem que falava com espíritos.

– O índio?

– O *pai*.

Gualter estremeceu por um instante.

O pai.

Os sentimentos mastigaram a *lembrança* antes da razão. O guia espiritual; o último de uma tribo que se perdera no tempo, ou fora dizimada, ou deixada para trás. A única coisa que aquele vilarejo sabia, pois era a única coisa que sempre importou, era que Mãe Anastácia era *mãe* dos homens. Herbster era *pai*. O protetor temido ou amado que iluminava Véu-Vale com a sabedoria maior do que uma vida.

– Claro que me lembro de Herbster. Por quê? – perguntou Gualter, passando a tocha para Pedro.

– O Antigo dizia que a vida é como tora acesa com fogo. – O isqueiro acendeu a tocha. – Ela, sozinha, é só madeira. E o fogo sozinho é nada, pois não existe por si só. Eles, juntos, são luz. Que é vida. Primeiro ela ilumina a madeira; depois, ao redor.

Pedro desceu os degraus, fechou a escada e continuou:

– E continua brilhando. Cada vez mais, até que a madeira acaba e o fogo sem força não é nada e vira cinza. É então que o Antigo pergunta: se antes a madeira podia viver por muito mais tempo enquanto material, valeu a pena se sacrificar sabendo que viraria cinzas apenas para que existisse o fogo?

– Sim, porque ao menos durante sua existência a madeira ilumina um pouco o caminho de alguém – respondeu Gualter, como um garoto relembrando o final de uma antiga história de dormir.

Ambos riram. Como dois amigos ao ouvir uma piada interna.

– Mas concluindo o que estávamos falando... – continuou Gualter. – Acredito que vivo como a tal madeira que se deixa queimar pelo fogo.

– Então, se tu entende o que eu digo, por que não entende o motivo de eu estar há quase trinta anos fazendo o meu trabalho? Tu não fez tua escolha porque necessitava iluminar por alguns momentos alguns caminhos? – Pedro estendeu a mão como fazia quando criança e Gualter a apertou, antes de o escutar concluir: – Então não julgue a minha...

A luz das tochas iluminou o caminho de bons espíritos mais uma noite. A sensação era boa. O que corria nas sombras ao redor daquele caminho, não.

CAPÍTULO DEZ

Fazia algum tempo que havia escurecido. Os moradores já corriam de volta a suas casas, e quem tinha negócios próprios, como El Diablo, também tratava de passar mais cedo as correntes nas portas.

Janelas eram cerradas.

Cadeados eram trancados.

E o mundo se tornava cautela.

Era uma sexta-feira de chuva.

O terceiro dia de chuva consecutivo era o mais temido em Véu-Vale. Seu Aílton, nascido no vilarejo, era um senhor além dos cinquenta anos, que sabia que não deveria estar naquele momento andando apressado sobre uma rua de terra vazia. Deveria ter se levantado muito antes de resolver contar à família de seus empregadores sobre a primeira vez em que dançara com a esposa já falecida.

Abraçava a si próprio enquanto andava, friccionando as mãos no intuito de aquecer o corpo. Puxava o ar com força entre dentes trincados. Como sempre, primeiro vinha o vento mais intenso. O sussurro deslizava como uma cobra pelos tímpanos, trazendo um aviso. Um zumbido que alertava o desafio de algo *maior*. Depois o som das árvores e o dos céus. Os rosnados estremeciam a coluna vertebral, relembrando, tal qual a visão de uma montanha, a pequenez do ser humano em um mundo de matéria densa como a Terra.

Era por isso que Véu-Vale se recolhia.

E Aílton continuava sozinho.

Os braços naquele momento se aceleraram mais na fricção com os bíceps. Ele tremia. E, depois do som, a visão dos clarões no céu em meio às microgotículas acumuladas, que flutuavam como poeira em suspensão. O fogo dentro das redomas bailava uma dança própria, gerando vultos. Naquela noite solitária, mesmo antes de as primeiras gotas tocarem o chão de terra batida, o velho Aílton já sentia o cheiro. Aquilo se apressava em sua direção. O vento parecia o uivo de hienas em busca de carne fresca. As gotículas pesavam nas nuvens.

E foi quando começou.

As primeiras gotas tocaram as roupas, inicialmente devagar, e o choque da água em superfícies de pedra e cimento provocou ruídos de estalo. E então o barulho aumentou, o cheiro se intensificou e o ribombo elétrico rosnou uma vez mais. Em poucos segundos, o corpo dele parecia muito mais denso.

De fato, a chuva lavava a alma dos homens de Véu-Vale.

Mas, no terceiro dia, a corrompia.

As gotas começaram a golpear o corpo do senhor cansado e a escorrer pela pele como sangue. Seu Aílton levou a mão ao peito e encontrou o cordão com a imagem de um Jesus Cristo crucificado ainda lá. Sentiu *algo* tocar seu ombro. Uma sombra cresceu atrás de si e ele gritou. Virou-se, mas não viu nada. A sombra pareceu dançar ao seu redor e ele continuou a girar em busca de algo que não aparecia. Parou debaixo de um toldo improvisado e abandonado sob os galhos de uma árvore, deixado por homens que aqueciam café em fogueiras na volta do trabalho. Respirava ofegante. A parte de trás da cabeça queimava. Sentia medo. A rua ainda estava deserta e o velho sabia que assim continuaria. Isso trazia desespero. Ele queria chegar em casa. Queria ver o filho bêbado suicida se livrar do vício e casar com a nora grávida. Aí sim, partiria feliz para perto de sua senhora. Mas não ali. Não *sozinho*. Como temem perecer na solidão os mais velhos. E ele gritou uma última vez quando patas pegajosas tocaram seu braço, e a alma pareceu se desprender do corpo. Agitou-se, renegando a escolha. Virou-se procurando o tormento. Arregalou os olhos. E suspirou com a visão de uma lagartixa tentando se esconder.

Foi quando escutou o primeiro urro.

O uivo era pior que o rosnado do trovão. Perfurava feito uma furadeira, rompendo a sanidade. Era como encostar o ouvido no ralo do centro da Terra e escutar os berros dos espíritos agonizantes nos círculos mais profundos do Inferno. Como se o grito de um condenado ao limbo sobrepujasse os limites de planos físicos e chegasse em sua forma mais pura aos ouvidos mortais não preparados. O brado de um morto, ou de alguém que procura a morte.

Ou o brado da própria morte.

Seu Aílton arrancou o cordão do pescoço e segurou na mão direita a cruz com um Cristo morto. Tentando buscar coragem na fé, saiu de baixo do toldo, postou-se no meio da rua de terra e visualizou seu destino. À frente, viu uma rua infinita de escuridão, iluminada por duas colunas de madeira colocadas em lados opostos. Decidido, caminhou sem medo.

E aquilo apareceu.

Aílton começou a correr, pisando em poças d'água que molhavam os sapatos e tocavam a pele de forma repugnante, feito vermes nas feridas de um cachorro condenado. Tudo parecia maior. A intensidade do vento aumentou. Os grãos de terra erguidos pela ventania cortavam camadas de pele como giletes. Árvores se curvavam.

A coluna de madeira atrás de Seu Aílton tombou sem lhe conceder direito à defesa. A redoma de vidro explodiu. O fogo da tocha se apagou e o que já era escuro se tornou trevas. O urro dessa vez ecoou bem atrás do velho. Nas casas mais próximas, pais apertaram seus filhos junto de si. Seu Aílton lançou-se para o outro lado em um salto desaconselhável para alguém de sua idade e se virou. Havia apenas a baixa luminosidade de uma coluna de madeira ainda em pé. E, ainda assim, ele podia ver *aquilo* parado a metros dele. Aílton apertou mais forte o Cristo nas mãos até a cruz lhe cortar a palma e o sangue pingar misturado às gotas de chuva.

Foi quando a coisa correu em sua direção.

Seu Aílton iniciou um Pai-Nosso trêmulo, que pouco a pouco aumentava de intensidade como os pingos da chuva. O urro cada vez mais intenso. Em algum lugar, crianças trincaram os dentes com as unhas cravadas no vestido das mães. Seu Aílton podia ver a aproximação. Cada vez mais perto. A coluna de madeira tombou com a força do vento. O velho se lembrou do filho pela última vez e chorou. Outra redoma de vidro se espatifou e o estilhaçar ecoou ainda mais alto que o estalar da chuva. Um Pai-Nosso continuou ecoando numa voz falha. Cada vez mais perto. O fogo se extinguiu e a escuridão tornou-se a senhora daquela rua.

A oração foi interrompida.

Uma cruz em sangue caiu sobre a terra e lágrimas se misturaram à chuva.

E então houve silêncio.

E apenas o silêncio.

Do alto, apenas a chuva, que caía e lavava pingos de sangue tombados sobre a terra.

O Cristo morto na cruz.

O homem morto no chão.

CAPÍTULO ONZE

TOBIAS FORA ACORDADO da pior maneira possível. Teve que saltar da cama quando entraram abruptamente em sua casa e depois acompanhar pessoas cujos nomes mal lembrava a lugares que desejaria esquecer. Com ele levou apenas dor. Os passos deixaram pegadas no chão de lama, e mulheres choravam em cantos distintos, segurando os mesmos terços da noite anterior. Gualter observou de longe Pedro Mathias, que tomava nas mãos uma das colunas de madeira derrubada. E ele não estava só. Ali também estavam Henrique, Estevão e Hélio, três dos quatro acendedores aposentados.

– Como estão as coisas? – perguntou Gualter a Pedro.

– Desastrosas. Essas não foram as únicas colunas tombadas.

– Os acendedores terão trabalho pela frente.

– Se ao menos fosse essa a pior das notícias...

Gualter entendeu no momento em que escutou o choro. Aproximou-se. Tobias estava ajoelhado ao lado de um corpo coberto por um pano branco improvisado como mortalha. Havia retirado o pano da cabeça e reconhecido o morto. Aquilo bateu forte no peito.

O rosto do senhor falecido estava roxo, com a língua exposta, olhos vazios e corpo inanimado. Pedro Mathias abraçou Tobias sem dizer nada, afinal, ele era seu amigo e sabia o que aquilo significava.

Pedro Mathias vira a luta que Tobias travava contra o próprio vício, e como suas vitórias se davam a partir da ajuda do pai.

Mas agora o pai estava morto.

O vício continuava vivo.

Pedro Mathias, em um único dia, sentiu-se triste por muitos motivos diferentes, como todo o vilarejo. Porque todos sabiam que o último freguês que Hugo El Diablo desejaria receber naquele dia se jogaria com os olhos em lágrimas em uma cadeira, se debruçaria como uma criança sobre a mesa e ergueria o olhar mareado apenas para exigir na voz da garganta seca:

– Outra dose mais forte, El Diablo.

O gatilho suicida estava destravado. O carregador cheio. E havia o motivo para o disparo.

Tudo o que lhe faltara no dia do sétimo passo.

Naquele dia fatídico, Mikael Santiago, o Allejo, um jovem de idade próxima da de Tobias, havia sido indicado ao prêmio de melhor jogador do mundo.

Tobias havia tentado se matar.

O mundo nem sempre é como a gente quer.

CAPÍTULO DOZE

Toda Véu-Vale devia estar na capela. No pequeno santuário dedicado a Nossa Senhora Aparecida realizava-se um réquiem. Todas as fileiras dos bancos de madeira estavam tomadas, e havia ainda um grande número de pessoas em pé.

– Na verdade, ó Pai, Vós sois santo e fonte de toda santidade. Santificai, pois, estas oferendas, derramando sobre elas o Vosso espírito, a fim de que se tornem para nós o corpo e o sangue de Jesus Cristo, Vosso filho e Senhor nosso... – conclamava o sacerdote.

– Santificai nossa oferenda, ó Senhor – responderam os presentes.

Gualter era uma daquelas pessoas que ficaram de pé. Na mente, ainda o aspecto asfixiado do falecido homenageado. Explicara mais cedo à Marina o que acontecera. A causa da morte era bem clara: infarto fulminante. Uma parada cardíaca e um corpo abandonado à própria sorte e sem socorro debaixo de chuva forte. Era curioso que Gualter uma vez defendera a ideia de que morrer de infarto devia ser a melhor de todas as mortes, por ser indolor, imediata e sem sofrimento...

A imagem de Seu Aílton morto mudava a sua opinião.

A pequena igreja de apenas um altar era simples e humilde, refletindo as características do povo daquele vilarejo. Gualter observava o rosto de antigos companheiros e sentia as acusações nos olhares que cruzavam com o seu. Pois não era ele o *fugidio*? O acendedor que partiu; aquele que renunciou à própria família em um vilarejo onde a família é o sentido da vida de um homem.

– Estando para ser entregue e abraçando livremente a paixão, ele tomou o pão, deu graças, o partiu e deu a seus discípulos, dizendo: 'Tomai, todos, e comei, isto é o meu corpo, que será entregue por vós'...

Gualter observou padre Paulo...

*acusado de molestar coroinhas e
enviado a uma capela de fim de mundo.*

Na primeira fileira via de pé o homem que odiava, ao lado da irmã que o evitava. Parado ali, com os olhos fechados como se não fosse puro o suficiente para merecer enxergar o mundo, Francisco Matagal segurava uma cruz, repetindo palavras religiosas como um ator sem talento.

Era ele a pessoa que Gualter mais odiava no mundo.

Era ele...

o homem que matou seu pai.

Latifundiário; explorador do trabalho alheio; formador de quadrilha; mandante do assassinato de inimigos; cristão "exemplar". O primeiro a chegar nas missas de domingo.

O último a merecer a hóstia.

Uma vez o vilarejo foi visitado por um pastor evangélico, que pensava em expulsar os demônios daquele povoado cheio de frio, ruídos e silêncio, em troca de moedas para a catraca do Céu. Contam as más línguas – pois as boas ficam sabendo, mas não contam – que quando estava prestes a inaugurar o local que serviria como igreja, o pastor foi visitado por Francisco Matagal. Acredita-se que a conversa não tenha sido muito boa. Os que não estavam lá dizem que houve gritos e que Matagal não gostou das ideias religiosas do pastor em relação ao vilarejo, explicando que aquele era um povoado de cristãos tradicionais e que um pastor expulsando demônios em descarrego não seria algo muito bem-vindo. O pastor o expulsou de sua futura igreja, chamando-o de Filho do Inimigo e ordenando que ele não desafiasse o Poder do Sangue de Cristo.

Conta-se também que, nesse dia, Matagal se retirou em silêncio. Além disso, o que se sabe é apenas que o tal pastor optou por nunca inaugurar sua igreja e o que quer que tenha dito por aí sobre o vilarejo deve ter sido marcante, já que nenhum outro pastor resolveu voltar. A coisa foi simples e radical. Em uma noite havia uma igreja improvisada sem placa, com um palanque mal armado e algumas cadeiras.

No outro, só havia frio e silêncio.

Também dizem que o corpo de um homem que apareceu três dias depois no buraco de uma fossa séptica a cinco quilômetros do vilarejo, com dois tiros nas genitais e um na testa, lembrava muito o pastor, embora normalmente aumentem as histórias de fervor religioso nas rádios em aparelhos de pilha.

Na missa, ao lado de Francisco Matagal, estava a irmã com que não falava há anos. A mesma que um dia comunicou à família que se casaria com o homem que eles odiavam. Como fazia quando pequeno, desviou o olhar do que lhe doía por dentro e observou os dois anjos de gesso suspensos em um apoio de madeira, que flanqueavam o altar.

Gualter nunca gostou daqueles anjos.

Eles tinham os olhos tristes, a boca aberta e o olhar perdido, e seguravam uma bíblia enquanto observavam os fiéis. Tinham auréolas, mas não asas. Quando Gualter era pequeno haviam dito que aqueles anjos suplicavam a Deus o perdão pelos pecados dos mortais e por isso tinham a expressão tão perdida e distante. Ele tinha outra opinião. O que aqueles anjos sem sexo pareciam lhe dizer com seus olhares vazios era apenas que não haviam encontrado suas respostas naquele livro que seguravam com tanto fulgor e por isso caíam dos céus, perdendo as asas.

Ainda estava absorto nesses pensamentos quando aconteceu.

Foi uma dessas situações quando, ao observar vários rostos diferentes, de repente, em meio a todo um turbilhão de pessoas, um especificamente é reconhecido pelo cérebro. Então a imagem passa e, por reflexo, o olhar volta sozinho ao rosto familiar. Foi assim. A visão fotografou, o cérebro reconheceu e o coração disparou.

– Do mesmo modo, ao fim da ceia, ele tomou o cálice em suas mãos, deu graças novamente e o deu a seus discípulos, dizendo...

Ali estava a mulher de vestido negro e cruz nas mãos. Gualter sabia o nome. E o sobrenome. Jamais se lembraria deles individualmente. Jamais os esqueceria, porém.

Tia Mariane.

Mariane Muniz. Tantos anos haviam se passado, e ela continuava ali, como parte legítima da redoma de vidro de Véu-Vale. Os mesmos trejeitos e perfil vestal. Faltava saber apenas se mantinha o mesmo sorriso, o que não descobriria em um dia como aquele.

– 'Tomai, todos, e bebei, este é o cálice do meu sangue, o sangue da nova e eterna aliança, que será derramado por vós e por todos para a remissão dos pecados. Fazei isto em memória de mim.' Eis o mistério da fé!

O alimento havia sido transmutado em corpo e o vinho em sangue. Era a hora da hóstia, e, ainda assim, Gualter não se moveu.

– Todas as vezes em que comemos deste pão e bebemos deste cálice, anunciamos, Senhor, a Vossa morte, enquanto esperamos a Vossa vinda! – disseram os fiéis em acordo.

Quase toda a capela formou uma fila e Gualter só conseguia pensar que ao final dela um padre...

acusado de molestar coroinhas

... oferecia a cada católico o corpo de um Cristo ressuscitado.

Do lado de fora da capela, Gualter observou o horizonte e o céu acinzentado. Não sentia gosto de sangue. Nem o cheiro da chuva no ar. Só havia um horizonte infinito, vazio e triste. E aquele momento, que deveria ser belo, era torturante, pois trazia de volta ao homem o saudosismo de um sentimento que parecia esquecido dentro de si. Foi quando o horizonte pareceu diferente e ele percebeu que lá existia um homem maior que os homens.

Feito falcão, o índio tatuado, marcado como escravo, observava a capela triste por debaixo do chapéu rústico. A visão atingiu Gualter com uma intensidade ainda maior do que todo o redemoinho emocional a que estava sendo submetido.

Foi quando o Antigo viu Gualter Handam caminhar em sua direção.

Até ali, ninguém poderia ter a noção exata do quanto Véu-Vale necessitava daquele reencontro.

CAPÍTULO TREZE

– Parece preocupado... – disse o índio, sentado descalço sobre uma pedra.
– Não se preocupe comigo – disse Gualter, sentado ao seu lado, de tênis e calça jeans.
– Parece que tem sonhado...
– E quem não sonha?
– Parece que tem sonhado com ela – concluiu ele, e Gualter hesitou. – Parece preocupado *porque* tem sonhado com ela...
– Céus...
– Ela ainda tem cabelos negros, *Cajamanga*?
Gualter suspirou. Odiava aquele apelido, dado pelo pai logo que o viu nascer. Ele dizia que a cabeça de Gualter parecia um cajá-manga, embora ele nunca tivesse visto um de perto para saber.
– E tu ainda sente forte o cheiro? – insistiu o índio.
Pela segunda vez travou. Estar do outro lado do divã era difícil.
– Sinto. Tão vívido que me sinto um vampiro...
– Então ainda sente o gosto?
– Todas as vezes.
– E ainda sente queimar a cabeça?
– Todas as vezes.
Herbster assentiu, como se a resposta fizesse sentido.

– Por acaso lembra do que te disse *Anabanéri* em teu sonho?

Pronto. O misticismo havia chegado para relembrar Gualter por que não falava sobre aqueles assuntos.

– Ah, pelo amor de Deus, Chefe Apache! Nem toda mulher nua num sonho é folclore indígena!

– Certo... – E o índio voltou a observar o horizonte.

Gualter apertou os lábios. Detestava aquele maldito.

Detestava.

Estar com aquele homem por perto, com o misticismo pairando ao redor, sempre gerava uma sensação incômoda.

Porque nunca tinha a sensação de estar sozinho.

– Ó, vou logo avisando: se você vier com aquele papo de "burro" e "fonte" de novo, eu jogo você naquele lago...

– Nem pensar – disse o Antigo, franzindo a testa. Um silêncio incômodo se formou. Ambos continuaram olhando o horizonte com aspirações bem diferentes. – Mas que a gente só pode levar o burro até a fonte, isso é verdade...

– Ai, puta que pariu... – O psicólogo chutou o balde, batendo os braços e dando-se por vencido. – Tá bom, seu maldito, eu digo o que a Pocahontas falou!

O índio riu, como se entendesse o deboche.

– Eu não me lembro de nada do que ela disse, na verdade. Mas lembro de duas palavras. Uma era *morte* e a outra era *culpa*. E, obviamente, isso é um tremendo alto-astral...

O Antigo voltou a ficar sério. Apertou os olhos por debaixo do chapéu de palha. Depois, voltou a olhar para o visitante.

– A única coisa que você ainda sente é o gosto de sangue?

Gualter aquiesceu, sem saber se a resposta era boa ou ruim.

– Então da próxima vez deixe que a barriga cresça pro ar entrar melhor.

– Como é, velho doido?

– Se quiser entender, ignore o gosto, *Cajamanga*. Sinta melhor o cheiro.

Gualter ponderou, ainda sem saber se aquilo era bom ou ruim.

– O cheiro ainda será de chuva. O gosto ainda será de sangue.

– Haverá algo de diferente.

– Ambos serão os mesmos.

– A tua postura, não.

Silêncio.

– E o que poderia se modificar?

– Depende do homem que tu é hoje. E do homem que tu quer se tornar.

– E se eu for hoje o homem que sempre quis me tornar? – Havia certo desprezo no tom rabugento.

– Então tu terá se tornado um homem que sente gosto de sangue em dias de chuva. É isso o que tu sempre quis se tornar?

Gualter Handam detestava aquele homem...

que falava com espíritos.

Detestava.

CAPÍTULO QUATORZE

A PORTA DO QUARTO abriu sem gemido, como se até as portas daquele lugar preferissem não ranger. Em uma cama trançada, rodeada de plantas que suavizavam o cheiro de mofo do lugar, uma senhora se mantinha sentada como se o mundo esperasse por ela. Nas mãos, um relógio de pulso antigo, que marcava o tempo por uma roda e oscilava de um lado a outro, necessitando apenas de uma mola composta de metal fino que a impulsionasse de maneira cadenciada.

Um relógio do início do século XX.

Um raro relógio de corda.

– Não sabia que você ainda o tinha... – disse Gualter Handam.

– Tem muita coisa que tu não sabe nessa vida, meu filho.

Gualter se calou, sem saber se era uma repreensão.

– Mas muita coisa que tu nunca imaginou que saberia, tu também já aprendeu.

Ele sorriu. Sem saber exatamente por quê.

– E quem é ela? – voltou a perguntar a senhora.

De pé, Marina não sabia o que dizer. Havia entrado no quarto com um copo de água. Titubeou entre oferecê-lo à senhora ou se apresentar primeiro, quando Gualter disse:

– Ela é Marina. Minha futura mulher.

O copo por pouco não caiu e se partiu. Não que fosse uma surpresa, mas pela firmeza da voz dele.

– Prazer, senhora Anastácia. Há tempos quero conhecê-la.

Anastácia sorriu sem exibir os dentes e de olhos apertados, de um jeito que só as mulheres de idade conseguem fazer. Uma das mãos alcançou o copo com água. A outra foi estendida. Marina percebeu pela posição da mão da senhora que aquilo não era um aperto de mão. Observou Gualter para confirmar. Ele acenou, como que lhe dizendo que o mundo em Véu-Vale era assim.

– A benção... – diversas palavras brigaram na garganta, deixando apenas uma vitoriosa: – ... *mãe*.

O sorriso continuou. Gualter Handam também sorriu.

– Deus te abençoe, filha.

As pernas dela tremeram. Ao fundo, era possível escutar o tique-taque do instrumento velho.

– É um relógio raro esse... – comentou a jovem, demonstrando o fascínio.

– Para mim ele é comum – disse a senhora, na voz pausada. – É assim quando não se conhece outro.

– Marina é apaixonada por isso, mãe. Ela estuda a história dos povos do mundo.

Anastácia fitou Marina e se fez um silêncio constrangedor. Era tão intenso que alguém poderia cortá-lo com uma tesoura. Marina sentiu os pelos arrepiarem, a garganta travar, a respiração encurtar. Sentiu-se pequena. Sentiu-se nua. Sentiu como se estivesse diante de uma entidade para a qual não se pode mentir.

Uma pessoa capaz de ler espíritos.

– E tu já contou para ela as histórias do teu povo, meu filho?

O olhar deixou Marina e se concentrou nele. O filho já se acostumara.

– Menos do que poderia.

– Tu sabe que o valor da vida de um homem vem das histórias que ele pode contar, não sabe?

Ele sabia.

– Adoraria escutar as histórias daqui... – disse Marina.

– Peça para teu homem te contar. É um direito teu.

Gualter Handam parecia prestes a protestar.

– Não pretendo assustar Marina, mãe.

– Tu te assusta com tua própria história?

Houve um suspiro. O coração doeu.

– Qualquer história que envolva um irmão e um pai a menos em uma família me assusta.

– Então tu deve se assustar com muita coisa por aí ainda.

Gualter trincou os dentes. Havia, escondido em algum canto empoeirado dentro de si, um excesso de fervor que não gostou de desenterrar.

– Como consegue ainda passar por... ele? – perguntou à mãe, e Marina notou o tom sombrio. Aquilo também a assustou. – Como permitiram que ele entrasse nessa casa? Que ele... *tocasse* em você?

– Disseram que, se não tivessem deixado, tu teria um irmão, um pai e uma mãe a menos na família.

– Graças a ele, eu já tenho uma irmã a menos também.

– Tua irmã não cruzou o véu...

– Não? – O tom de Gualter era pesado.

– Não. – O da mãe era suave.

Marina, sem compreender por completo, resolveu arriscar:

– Vocês falam do *fazendeiro*, não é? Aquele que se casou com...

– Você se lembra do que ela me disse no enterro do meu pai? – perguntou ele à mãe, ignorando Marina.

Anastácia respondeu com silêncio. Ela se lembrava. Gualter carregou nos bolsos aquelas palavras quando partiu de Véu-Vale.

Ao fundo, o velho relógio continuava a marcar o tempo.

– Por mais que te envenene, tu tem direito ao teu ódio, meu filho. Ninguém pode tirar isso de ti, sem tu querer... – disse ela em tom brando, como um consolo. – Mas tu não deve temê-lo, como um homem não deve temer um cão.

– Aquele homem é mais perigoso que isso.

– Mas ainda ladra mais do que morde.

– Ele mordeu uma vez! – disse ele, com rancor. – E foi suficiente para sangrar essa família.

– Porque foi pelas costas. Não pela frente.

Gualter silenciou, se perguntando se havia sentido naquilo. Não chegou a uma conclusão.

– Tu sabe como se educa um cão?

Ele não sabia.

– Com atitude e em silêncio. Um cão reconhece a boa pessoa. Não é preciso gritos nem pancadas; ele compreende o olhar do dono e sente o que está em seu espírito, quando o espírito está forte. Um dia, quando se sentir dono de si, simplesmente pare diante de um cão e o encare nos olhos como homem. Tu verá que ele vai obedecer em silêncio.

Gualter suspirou outra vez. Estava ali um desafio que ele não imaginava cumprir.

– Alguém podia ter dado esse conselho para Seu Aílton na travessia...

– Nós falamos sobre as leis dos homens. Não confunda com as do espírito.

– Não sei hoje reconhecer as diferenças.

– As leis dos homens mudam de acordo com a compreensão. As do espírito permanecem as mesmas.

Fosse falando com o *pai*, fosse falando com a *mãe*, Gualter Handam sempre se sentia uma criança.

– Por onde caminham os mortos de Véu-Vale? – perguntou Marina, sem se importar com o bom senso.

Mãe e filho olharam para ela com estranheza.

– Quer dizer... na *travessia*... por onde se acredita que os mortos caminham em Véu-Vale?

Anastácia voltou a olhar para a jovem. Em parte sua expressão parecia um sorriso, mas não era.

– Em Véu-Vale, os mortos caminham pela estrada escura para a Montanha Negra – explicou ela.

– Todos eles?

Anastácia poderia ter respondido. Mas preferiu que o filho o fizesse.

– Aqueles que não se voltam para a luz – respondeu ele, em parte contrariado.

– E o que é preciso para um espírito ter a travessia iluminada?

Gualter poderia ter respondido. Mas Anastácia preferiu fazê-lo.

– Ser marcado e aceitar seu destino.

– Nem todas as pessoas têm um destino? – insistiu Marina.

– Todos os homens e mulheres têm um futuro. Poucos têm um destino.

Marina sorriu com os olhos apertados. Anastácia gostou daquilo.

– Preciso me despedir, *mãe*. – Na despedida há sempre um peso maior na palavra. – Fico aliviado de ver que a senhora está melhor. Mas é hora de voltar para casa.

– E tu já descobriu onde é isso?

Ele sorriu, como criança.

– Mas já que tu falou em hora, leva isso contigo.

As mãos foram esticadas e havia um relógio de corda entre elas.

– Eu já tenho um relógio. – Foi a tentativa de recusa.

– Não um *desses*... – disse Marina.

– Não se recusa tempo, meu filho. Sem tempo não há lembranças.

Gualter Handam suspirou, rendido.

É hora de voltar para casa.

Se o valor da vida de uma pessoa vinha mesmo das histórias que ela podia contar, era incalculável o valor daquela mulher.
E tu já descobriu onde é isso?

Talvez ainda houvesse tempo.

CAPÍTULO QUINZE

A ESTRADA DE TERRA erguia poeira suficiente para cegar soldados. Sobre o solo corria mais uma vez o conversível. Gualter Handam, pela terceira vez, se despedia de Véu-Vale, e de novo sentia que não conseguiria se desligar daquele lugar para sempre. Ainda não.

Ao seu lado, Marina parecia sufocada. Não haviam trocado mais que duas ou três frases em horas e ela respeitava a vontade dele de permanecer em silêncio. De qualquer forma, todo respeito tinha um limite, e o de Marina terminou quando Gualter freou tão bruscamente que o tronco de ambos teria sido arremessado contra o vidro se não estivesse protegido pelo cinto de segurança.

– Que é isso? Tá maluco, DROGA? – rosnou a garota, ainda em dúvida se o corpo e a alma estavam no mesmo encaixe.

Gualter não respondeu de imediato. Fixava o vazio. A mão direita no freio de mão puxado. A respiração mais acelerada do que devia.

– Preciso vê-la. Se quiser, espere aqui.

Ele abriu a porta e se levantou. Marina fez o mesmo, esquecendo-se do cinto de segurança, quase se enforcando. Voltou, destravou o mecanismo e saiu do carro apressada, deixando a porta aberta.

– Peraí, ver quem? Não tem nada por aqui!

Ao redor daquele ponto onde os dois estavam de pé só havia mato, do tipo alto como os bandeirantes deveriam ter encontrado durante expedições antigas.

– O que você pretende encontrar aqui, Gualter?

– *Karkumba...*

aquela que não se pode vencer.

– Mas que diabos de resposta é essa?

Gualter deu a volta e abriu o porta-malas. Retirou, em meio a sinalizadores, macaco e chaves de roda, um facão pouco usado.

– Ai, Deus. É agora que eu corro gritando, implorando pra não morrer?

Gualter ignorou o comentário. Seguiu na direção do matagal com a faca em punho e então respondeu:

– Já disse: se quiser, espere aqui.

E ele foi sem olhar para trás. Marina achou difícil determinar o que era mais assustador.

Observou os arredores intimidadores e mal iluminados, tomados por uma vegetação vasta e oscilante. Tentou escutar algo e só ouviu o vento sibilando, além das árvores orgulhosas se dobrando. Ouviu também o próprio coração, acelerando em inquietação. Bateu o porta-malas. Fechou as portas do carro. Se perguntou se seria melhor se trancar dentro do veículo e ignorar as sombras ao redor, fingir que não existiam.

A ideia, porém, parecia cada vez pior.

Olhou na direção para onde Gualter tinha ido. Talvez ainda conseguisse alcançá-lo.

– Vivemos juntos, morremos sozinhos...

O sapato estava encharcado com uma mistura de terra, lama e poeira. O matagal era composto de arbustos de folhas verde-acinzentadas, algumas manchadas de amarelo, aveludadas, com caule lenhoso. Variavam de altura e tinham um cheiro intenso. Gualter adentrou o matagal zunindo a lâmina quando necessário e caminhou como se soubesse aonde ia. Escutou Marina se aproximando depressa e não se importou. Os passos, dotados de um teor fanático, só se interromperam ao chegar até... ela.

Ele parou e então observou aquela que vigiava Véu-Vale.

Quando a namorada o alcançou, ele ainda a contemplava. Estava parado, rendido, admirando-a.

– *Ela* é Karkumba? – perguntou a garota.

– Ela é.

Observá-la era compreender como a força da Mãe-Natureza é inatingível e inalcançável. Karkumba era rude. E forte. Estava de pé há tantos anos que o primeiro homem poderia tê-la visto, assim como o último também o fará.

As paredes rochosas lembravam megálitos. Perto delas, o homem parecia pequeno. O homem era pequeno. Karkumba não convidava ninguém a entrar. Nem a sair. A princípio, seu desenho geométrico parecia desproporcional aos olhos humanos. A entrada da caverna era redonda, mas seu interior era quadrado e alongado. Ela tinha a forma de um funil ao contrário, como um vulcão. E havia um topo, inacessível aos olhos de quem observava da terra. Poucos homens conseguiram ver o mundo de seu ápice. Muitos morreram na tentativa.

– Isso é uma caverna?

– Isso é Karkumba.

– Tá, já entendi isso. Mas o que isso significa?

– Antigamente, essas terras abrigavam tribos indígenas. Muito antes dos europeus pisarem neste solo, este local já era sagrado. Karkumba significa "Altar dos Deuses" em uma língua indígena perdida.

Os olhos de Marina brilharam. Escutar coisas daquele tipo lhe dava um frio na barriga. E a geometria daquela entrada mais parecia uma sinistra bocarra aberta pacientemente à espera da próxima vítima.

– Nós vamos entrar aí?

– Karkumba permite apenas uma pessoa por vez.

Ela estranhou o tom de voz sério do noivo.

– Pensei que você não ligasse para superstições de lendas indígenas.

– Eu não ligo.

– E por que essa postura agora?

– Porque ela não é uma lenda.

Aquele realmente era um dia estranho.

– O que o faz tomá-la como realidade em vez de mito?

– O fato de que os que não a respeitaram morreram.

Marina não podia acreditar no que estava ouvindo.

– Então existe mesmo algo no tal altar? – comentou para disfarçar o nervosismo.

– Poucos homens estiveram lá para contar.

– E o que os índios costumavam fazer aqui? Sacrifícios? – brincou Marina.

– Exatamente. Mas não da forma como você deve estar imaginando.

– E que forma eu estaria imaginando?

– Eles não sacrificavam pessoas – afirmou Gualter, com uma segurança trevosa. – Praticavam cerimônias religiosas e faziam um sacrifício por alguém. Acreditavam que aquele que chegava ao altar de Karkumba podia falar diretamente com os deuses.

– E a pessoa chegava a fazer um pedido aos deuses?

– Para outra pessoa.

– Como assim?

– Podia fazer um pedido para outra pessoa. Para alguém. Não para si própria.

– Tá, mas então por que você quis voltar aqui?

Gualter não respondeu.

Marina caminhou na direção da entrada da imensa cavidade rochosa. Era dia, mas o que se via além da entrada da bocarra de pedra aberta era unicamente o breu.

– Existe mais alguma exigência para se adentrar Karkumba? – perguntou ela, parando de frente para a caverna.

– Só se deve fazê-lo à noite. E esperar pela *permissão*...

Ela apertou os olhos. Entrar sozinha de dia naquele lugar já seria um desafio, à noite, então, não haveria a menor possibilidade. Não conseguia deixar de se sentir fascinada, porém, pela bocarra de pedra. Nem havia entrado e começou a se sentir mal. O desafio proposto pelos deuses aos índios era realmente poderoso. Sentiu-se enjoada. Com tonturas. Karkumba parecia *olhar* para ela, e parecia *viva*. Observá-la trazia um pedaço do horror – daquele horror puro, cuja existência ninguém gosta de lembrar, e que só aceitamos quando estamos sozinhos e à noite, pois nunca se sabe o que oculta a escuridão. Sozinho, diante do horror, tudo muda. Ninguém vai ouvi-lo gritar. Nem socorrê-lo. E nessas condições é que o ser humano então percebe o quanto ele é frágil, e fraco, e pequeno. Marina deu passos para trás meio ressabiada, quando reparou em Gualter ajoelhado ao seu lado. Aproximou-se. Havia gravetos que desenhavam retângulos. E uma escultura com o desenho de uma faca de madeira com o cabo torcido, na frente dos gravetos.

– O que você está fazendo?

– Estou orando...

Uma vez mais, ela franziu a testa. Gualter não era de rezar, mesmo em igrejas. Mas ali estava ele, os olhos fechados em prece.

– Estamos pisando em um santuário? – perguntou sem jeito, sentindo-se mal por incomodá-lo.

– Estamos pisando em um cemitério.

Marina arfou. Foi então que reparou que aqueles gravetos com símbolos triangulares existiam aos montes espalhados próximos à montanha. Voltou a se sentir tonta e enjoada. Embora gostasse de esoterismo, e acreditasse que podia sentir energias etéreas, naquele lugar tudo era mais denso. Sentia um peso incomum. Podia sentir a angústia dos que falharam e pereceram no passado.

E talvez ainda estivessem por ali.

– São túmulos... – concluiu Marina. – Você está sobre um túmulo. De quem? – perguntou ela.

– Meu irmão.

Marina tossiu, surpresa. Estava começando a desistir daquilo tudo. Era muita informação para um dia só. O sistema nervoso estava prestes a entrar em colapso. Namorava Gualter havia anos; tinham noivado e fizeram planos para se casar assim que ela se formasse. Não era possível que ela não soubesse *nada* da vida dele.

– Os índios enterravam seus mortos aqui?

– Só uma parte. Aqui fora estão enterrados aqueles que fracassaram em Karkumba.

– Quando você diz *aqueles que fracassaram,* você quer dizer aqueles como...

– Aqueles como o meu irmão.

CAPÍTULO DEZESSEIS

Tobias andava praguejando pelo vilarejo, caminhando torto e exalando álcool. Falava palavrões dos piores tipos, xingava o mundo. Berrava discursos fora de ordem e frases de raciocínio incompleto. Trazia consigo uma garrafa de pinga, e não era a primeira daquela noite.

– Mundo filho da puta! – berrava sob as janelas de famílias de bem. – Devolve meu pai, seu filho da puta!

A voz saía falha. Ele tropeçou em um pedregulho e caiu de cara na terra. Permaneceu por muito tempo imóvel e estatelado no chão, a imagem do homem derrotado. Aos poucos ergueu-se. Ele não percebeu, mas alguém o ajudava.

Eles o ajudavam.

Caminhou torto até o centro da praça. Parou na porta da capela de Nossa Senhora Aparecida.

– E então? E então, padre sedutor, braço direito de diacho, molestador de viúva? É por tua causa, por causa das tuas impurezas, que não ressuscitaram nem deixaram ele chegar inteiro! Porque tu não tem força pra isso! A fraqueza é tua!

Ao redor, as janelas foram abertas. O perturbado ainda xingou o padre de apelidos dignos de demônios e abaixou as próprias calças diante da porta fechada do pequeno santuário. A garrafa de cachaça foi arremessada contra a porta, espatifando-se.

– Não vai me devolver ele, filho do cão? Então olha o que eu faço na tua casa! – E o pecador urinou na porta da casa de Deus.

Dobradiças se retorceram, rangendo alto, quando uma das portas de entrada se abriu e um padre furioso saiu com um balde nas mãos. A água fria bateu forte como um soco no peito de Tobias, derrubou-o no chão e escorreu por seu corpo.

– Você não é mais evoluído que um cachorro, Tobias! Mas um cachorro urina pra marcar território. Você urina pra mostrar desgraça. Bença tua que o Pai perdoa até os desgarrados. Que Deus te tire das trevas em que tu te coloca, e que Ele perdoe teus pecados. Em nome do Pai, e do Filho, e do Espírito Santo! – O padre fez no ar um sinal da cruz.

A porta de madeira rangeu novamente e se fechou. Tobias visualizava em delírio alcoólico as portas do Paraíso se fechando. Tentou se mexer, mas o corpo não obedeceu. Era como se estivesse pregado no chão. Por um momento mais longo do que gostaria, acreditou que havia uma cruz debaixo de si.

Uma cruz da qual ele sairia.

O Paraíso havia fechado as portas para ele e só havia uma maneira de escapar do Inferno. Ele a encararia. Um homem quando sente que perdeu tudo o que importa na existência implora pela morte, quando acha que é tarde demais para implorar pela vida. Tobias não sabia como chegar a *ela*. Mas chegaria. Sentiu que braços o erguiam e o impulsionavam na direção de uma entrada disposta a recebê-lo. Naquela noite silenciosa e seca, ao menos, Tobias não estaria só.

Karkumba o esperava.

CAPÍTULO DEZESSETE

Gualter acordou berrando pela segunda vez em poucos dias. Alguns dias haviam se passado desde a última vez em que estivera em Véu-Vale. Marina novamente deu um salto da cama, tremendo. Gualter se recostou no suporte de madeira da cama e se desculpou silenciosamente. Suspirou.

– Calma, já passou... – disse ele, enquanto ela voltava para a cama.

– Gualter, você não acha que eu mereço maiores explicações sobre o que está acontecendo com você?

– Você tem todo o direito.

– Eu... eu não consigo mais dormir do seu lado sem ficar tensa! Nem consigo conversar abertamente com você, porque acho que a qualquer momento você vai me revelar que é um alienígena no meio dos terráqueos! E, ainda por cima, tenho tido meus próprios pesadelos com aquela coisa!

– O que você tem sonhado?

– Às vezes sonho com ela.

– *Karkumba?*

O nome a arrepiava.

– Eu vejo aquela entrada. E ela me dá medo, e só eu sei o quanto.

– Ela traz à tona seus medos mais profundos...

– O que é *aquilo*? – perguntou ela, revelando o medo.

– Em Véu-Vale nós crescemos ouvindo Herbster narrar histórias de Karkumba. Eu nunca tinha ouvido falar de Papai Noel antes de sair de lá, mas sabia a história daquelas rochas e daquele cemitério.

– Quem é ele exatamente?

– Não sei bem a história, ninguém nunca se importou em saber realmente. Nós simplesmente aprendíamos a correr para ele quando precisávamos de respostas para nossos problemas. Mesmo porque ele sempre *parecia* ter todas as respostas.

– Ele tinha?

– Na verdade, ele sempre complicava ainda mais as dúvidas. – Gualter conseguiu sorrir. Ela, não. – Mas sempre sabíamos que ele estaria por lá.

– Vocês todos do vilarejo o definem então como um "pai"?

– Quase todos. Alguns preferem outra definição.

– Que seria...

– *O homem que fala com espíritos.*

Houve um momento de silêncio.

– Eu não duvidaria disso... – concluiu ela.

– A definição faz jus a ele. Como eu disse: ninguém sabe de onde ele veio nem para onde pretende ir um dia. Na verdade, Véu-Vale acredita que Herbster *simplesmente* existe.

Ela aquiesceu e redirecionou a conversa.

– Foi com ele que você foi conversar no meio da missa?

– Você me viu conversando com ele? – estranhou Gualter.

– Vi você indo embora, mas não vi o índio. Gostaria de conhecê-lo...

Gualter ficou em silêncio, como se não estivesse confortável com essa ideia.

– E onde *ela* entra nessa história? – insistiu Marina.

– Na verdade, Véu-Vale foi criada *por causa* dela. Há muito tempo aquela caverna era famosa na região. E as pessoas se aproximavam para vê-la. Todos queriam ter a oportunidade de vencer o desafio, chegar ao Altar dos Deuses e então fazer o seu pedido sagrado. Naqueles tempos, não era como hoje. Naquela época, os pedidos eram bons. Dizem que cegos voltaram a enxergar e índios se salvaram da gripe. Bastava apenas chegar ao altar e ser altruísta. Foi assim que aventureiros de terras sul-americanas se aproximaram dos índios e, pouco a pouco, o vilarejo foi nascendo.

– As pessoas de fato acreditavam na lenda?

– Muitas acreditam até hoje.

– E por que hoje não se fala mais em Karkumba?

– Porque os índios perceberam má intenção nos aventureiros. Os brancos acreditavam que os índios escondiam joias e ouro nos rochedos de Karkumba, e usavam a lenda para afastar os curiosos. Foi assim que a guerra começou.

– Guerra?

– Os índios resolveram proteger o presente que os deuses haviam dado e enfrentaram como puderam os brancos. Mas a luta era covarde. Os brancos tinham armas de fogo e coletes de couro acolchoados contra flechas. Também possuíam aço e escravos para lutarem ao seu lado. Você sabe de detalhes como esses melhor do que eu. Pouco a pouco, dia após dia, a resistência dos índios foi quebrada. Diz a história oficial que todo homem que entrava morria. Karkumba havia se irritado com a ignorância dos homens e fechado para eles seu altar. Ela testemunhou a destruição dos índios e viu seu solo ser transformado em cemitério. Herbster diz que a chacina terminou em um terceiro dia de chuva consecutivo, e que choveu sangue nesse dia.

– Uau! Impressiona como Herbster sabe tantos detalhes sobre essa história...

– Diz ele que estava lá.

Marina ficou surpresa com a resposta. Depois perguntou:

– E o que aconteceu com Véu-Vale após o fim do massacre?

– Os homens que ali moravam procuraram ouro, mas os que partiam não retornavam. Foi então que os aventureiros começaram a *realmente* temer Karkumba. Em pouco tempo, Véu-Vale se tornou um vilarejo quase fantasma.

– As famílias abandonaram as casas...

– Essa é uma teoria.

– Como assim?

– Bom, provavelmente é a *única* teoria. A outra é mais folclore. Você sabe, as pessoas aumentam...

– Você sabe que vai ter de me contar, não sabe?

– Alguns dizem que na verdade essas famílias não foram embora. Foram exterminadas.

– Por *ela*?

– Por *eles*.

– Peraí... – Marina tentava manter em ordem toda informação. – Quem exterminou essas famílias que permaneceram em Véu-Vale?

– Você quer mesmo ouvir sobre isso?

– Você me *deve* isso. Todos os detalhes.

– Não devo não.

– Quer que eu apele para a sua mãe?

Gualter suspirou. Não levaria a melhor naquela briga.

– Lembra do que El Diablo disse no boteco?

– Vocês falavam sobre mortos... e gritos...

– Então, é isso.

– Isso o quê?

– O motivo. Reza a lenda que, numa sexta-feira de um terceiro dia de chuva, os mortos se vingaram...

– *Se vingaram?* Mas... se vingaram como? Tipo *A noite dos mortos--vivos*? Conta direito a história! – intimou Marina.

O tom o deixou ansioso.

– Tá, tá bom! É o seguinte: as famílias que se salvaram foram as que se trancaram em suas casas, correram para os terços e rezaram implorando perdão por seus chefes de família. Eles ouviam portas sendo esmurradas, telhados sendo pisados e janelas sendo forçadas. Seriam os herdeiros dessas famílias que hoje ainda vivem em Véu-Vale.

– Que assustador...

– Mas o pior ainda eram os gritos. Do lado de dentro das casas, tudo o que as famílias ouviam eram os brados que ecoavam a angústia dos mortos. Contam que pareciam uivos do Inferno.

– Quando terminou a missa, depois que você sumiu, ouvi os comentários. Mas só agora estou entendendo. As pessoas diziam que Seu Aílton não podia ter andado sozinho naquela noite de chuva. Que *eles* apareceriam.

– Baboseira de aldeãos ignorantes! Seu Aíton morreu de parada cardíaca! Não viu a cara roxa e inchada?

– Quem são 'eles'?

– Você não se cansa?

– Responde essa que eu paro. Por hoje.

– *Oh, boy*. Tá certo. É mais uma dessas lendas inúteis. Dizem que os espíritos presos a Karkumba não conseguem descansar em paz porque acreditam que morreram de forma injusta. E agora, em toda terceira noite consecutiva de chuva, Karkumba escolhe um deles pra lembrar Véu-Vale disso. O espírito escolhido corre pelos campos gritando...

– E permanecem assim eternamente?

– Ou até que alguém os liberte! Mas pra isso seria preciso vencê-la, e ninguém é capaz do feito desde que ela se fechou. Enquanto isso não acontecer, as pessoas de Véu-Vale acreditam que os desencarnados continuarão seu karma. *Do pó vieste, ao pó voltarás...*

– E, enquanto isso não acontecer, continuarão andando?

– Correndo. – Gualter bocejou. – Correndo e gritando.

Ele queria terminar aquilo, antes que ela fizesse a pergunta mais difícil. Mas é óbvio que ela faria.

– Você já *ouviu* os gritos?

– Gostaria de dizer que não, Marina – respondeu ele, de maneira sincera. – Exatamente como manda meu superego. Gosto de pensar inclusive que tudo não passa do som de um lobo no cio, deformado pelo cérebro de uma criança assustada com histórias impressionantes.

– Mas...

– Mas, se em vez disso eu quiser deixar o meu id falar, ele vai ordenar sinceramente que eu lhe diga que muitas vezes chorei sozinho e em silêncio nas terceiras noites de chuva. Que ao sentir o cheiro da chuva, é como se minha boca se enchesse de sangue. E que eu guardava um terço na gaveta do criado-mudo, quando as entradas da casa pareciam tremer diante da tempestade.

– Então você escutava os gritos...

– O que me assusta de verdade é que até hoje eu escuto.

CAPÍTULO DEZOITO

Era assustador o som do vazio. Mais ainda por saber que o som abafado e seco vinha de dentro dele.

Pois *ele* era vazio.

Os pés doíam e criavam bolhas. Estava descalço. Dera seis passos em direção ao Paraíso e outros incontáveis em direção ao Inferno. Era um homem de Véu-Vale e já se orgulhara disso um dia. Lembrava-se de dias distantes que não pareciam importar ali. Nada parecia importar ali. Tobias não sabia direito o que estava fazendo. Mas sabia o que tinha de fazer. Não teria conseguido chegar até ali sozinho, mas tinha a ajuda *deles*. Ainda assim, apenas isso não seria suficiente. Para dar um passo à frente, para entrar e encará-*la* de peito aberto, seria preciso ser muito forte ou muito fraco.

Tobias não sabia o que era.

Mas queria descobrir.

E temia descobrir.

À frente, Karkumba observava Tobias com sua presença imponente e os ângulos fortes de calcário. Dizia com a escuridão – todo homem compreende essa linguagem – que sua entrada ainda estava fechada e que nenhum nascido em Véu-Vale teria coragem de entrar naquele lugar sem estar autorizado. A luz de nácar que refletia sobre as paredes de pedra lampejou e Tobias desejou morrer. Algo começou a arder dentro do peito. Ansiedade. E angústia. E dor. De repente, de frente para ela, ele caiu de joelhos e começou a sentir. Milhões de vermes eclodiam e andavam por baixo da pele dele, ao *estalar* os ovos. Ele conseguia ver os movimentos em S se arrastando por debaixo do antebraço, erguendo a cobertura mole sobre os ossos. Ele *ainda estava* vivo. Mas como se arranca milhões de vermes de baixo da própria epiderme? E de onde tinham vindo esses vermes?

Caiu de cara na terra, tremendo e se contorcendo. Rolava para os lados gritando de angústia e babando uma saliva verde, que manchava a gola da camisa amarrotada. Arranhava o próprio braço e cravava fundo as unhas na pele, abrindo buracos dolorosos e sangrentos. Queria ser invisível, capaz de desaparecer. Sabia que ninguém sentiria sua falta. Ninguém *mais*. Arranhou a garganta, puxando fundo o catarro do pulmão canceroso. Deitou-se de costas. Daquela posição, a mata densa parecia muito mais assustadora. Olhou para o céu e não viu Deus. Estava cinzento, o que não era um bom sinal. Não em Véu-Vale. Olhou para os próprios braços, com buracos vermelhos muito piores que os de uma pele fustigada pelo sol e não viu mais a movimentação dos vermes.

Então começou a rir diabolicamente, como um possuído.

Estava bêbado, com certeza, mas diria que não se alguém o acusasse. Na verdade queria chorar, mas o orgulho não deixava. Queria cuspir em suas lendas, mas não era homem suficiente para isso. Queria caminhar para dentro *dela*, mas não era capaz de carregar o peso nas costas. Aos poucos entendeu que não havia vermes. Eram *eles*. Ali era mais forte a presença *deles*, e aquilo desfigurava as entranhas. Sentia solitárias percorrendo seus intestinos. Sentia-se abraçando a loucura. Sabia que precisava enfrentar a existência *dela*. Aí sim, chegaria diante dos deuses, abaixaria as próprias calças e mostraria o traseiro para *eles*. Essa seria sua vingança.

Ainda se levantaria e cairia muitas vezes até o anoitecer. Até estar autorizado. Mas não havia problema. Tinha todo o tempo do mundo, pois a cada vez que caísse, os braços de sombras novamente o ajudariam a se levantar.

Tobias resolveu enfim fechar os olhos e esperar o anoitecer. Respirou fundo. O coração diminuiu os batimentos. Sentiu-se mais leve por um momento. A parte de trás da cabeça queimava. E estremeceu, chacoalhando de pânico no momento seguinte, quando aconteceu.

O cheiro. Ele sabia o que significava.

A permissão estava concedida.

CAPÍTULO DEZENOVE

Nas mãos, cordões e pulseiras indígenas se agitavam ao sabor do movimento do braço, que gingava e balançava um chocalho produzido com madeira e arroz. Galhos empilhados crepitavam pelo contato com o fogo e a fogueira dançava com vida própria. Com olhos de águia, o Antigo podia observar além das chamas e entender além da matéria. Entoava cânticos de uma língua perdida, da época em que os homens conversavam em dialetos. Ele sentia o que estava acontecendo. E temia por Tobias. Porque, por mais pecador que fosse, Tobias era homem da terra. E era filho de Véu-Vale.

O *pai* se preocupava com ele.

No horizonte, o alaranjado do crepúsculo se uniu ao do fogo, enquanto uma voz cavernosa parecia ecoar no vazio.

Do pó vieste. Ao pó voltarás.

CAPÍTULO VINTE

TOBIAS NÃO ERA UM CAMPEÃO, não representava nada nem ninguém. Talvez, se colocado no divã de qualquer analista, ele admitisse que estava ali por conta própria. Mas isso não seria verdade. Ou seria apenas em parte verdade. Poderia dizer que o fazia pelo pai, o que também seria mentira. Era mais fácil reconhecer o amor pelo pai agora, quando o velho estava morto. Por que não dissera o quanto o amava quando ele estava vivo e disposto a escutá-lo? Porque quando vivo o velho lhe pedia todos os dias para *lutar* contra o maldito vício. Agora ao seu lado só havia os homens-sombra. Era essa a verdade. Tobias fazia aquilo por si, mas também por eles. Olhou uma última vez para *ela*. Andou para frente guiado pela ajuda de várias mãos sombrias. Estava descalço. Pisava na terra fria. Quando deu o primeiro passo adentro, o chão ganhou pedras pontudas que incomodavam os pés. Notou o frio úmido do recôndito cheio de sombras e não olhou para trás. Percebia-se nu, ridículo, desprotegido. Inseguro. Mas o que esperar de alguém que fora inseguro a vida inteira? Ouviu gotas em algum lugar, um som uniforme terrivelmente incômodo. O tilintar contínuo atingia cordas do sistema nervoso. No chão, as pedras aumentavam em número e em desconforto. Estava cego. Andava mancando e desengonçado, parecendo um boneco comandado por cordas. Quando Tobias, o fantoche, topou com algo cortante, despencou, cravando um joelho no chão pedregoso, e gritou de dor. O grito reverberou em toda a caverna. Outra gota ecoou o barulho irritante. Ele havia cortado o joelho, mas a escuridão o impedia de ver o sangue.

Mas não de escutar os seres que viviam ali.

Primeiro foi como um farfalhar. Um som distante que parecia jamais poder atingi-lo. Não havia medo. Só que o som ficou mais alto e aos poucos não pareceu mais tão distante. Pareceu se aproximar dele. E conforme isso acontecia, guinchos perfuravam seus tímpanos e destruíam o senso de equilíbrio. Em seu voo cego e imperfeito, as criaturas passaram próximas demais. A primeira lhe cortou a face. Ele gritou, e gritou, e gritou muito mais forte quando dezenas de outras iguais o cortaram também. Os guinchos continuavam. Criaturas escuras. Centenas delas. Tobias agitava os braços na frente do rosto, mas de nada adiantava. Tropeçou novamente e caiu sentado, rodeado pelo barulho do bater de asas que lhe comprimiam o crânio. Pensou em rezar, mas havia urinado na casa de Deus! Não havia água benta e não havia álcool. Sem direito à salvação nem ao pecado.

O ruído foi diminuindo até dar lugar ao silêncio. De repente, o som de mais uma gota. *Bendita* gota. Ele abriu os olhos, mas tudo ainda era breu. Tocou o próprio rosto por reflexo, para ter a certeza de que era real. O rosto sangrava. O raciocínio era lento. Andou mais alguns passos no escuro, tateando rochas.

Então a queda.

O corpo sofreu a ação da gravidade e caiu de uma altura considerável, que ele mal pôde perceber por causa da queda. O joelho estalou ao se chocar com o solo. Resmungando de dor, Tobias se deitou de barriga para cima e tentou em vão alcançar as pernas para massageá--las. Nada podia fazer para afastar o frio.

Exatamente como o pai antes de morrer.

O vento assobiou e ele detestou o assobio. Detestou ouvir *além* do assobio. Porque podia ouvir o escárnio sinistro. A zombaria macabra. Os risos.

Os *malditos* risos *deles*.
As *malditas* risadas *dela*.

– Sua desgraçada... – resmungou uma vez. Depois falou alto uma segunda. Depois berrou o mais alto que conseguia, e sua voz ecoou. Ergueu-se e sentiu o joelho doer. Novamente as mãos o empurraram. O barulho da gota agora estava distante, embora o eco ainda parecesse próximo. A mão de um vulto lhe cobriu a garganta. Mas como alguém podia ver um vulto no escuro? *Merda!* Estava ficando louco. Louco como... como César Handam. Fungou uma vez, sentindo o cheiro pútrido. O odor de carne em decomposição. E o som da *mastigação*. O estômago embrulhou e ele vomitou. Podia *ouvir* os vermes. Tão alto, que pareciam devorar sua pele como zumbis. Começou a tatear as paredes e não encontrou saída. Desesperou-se como um claustrofóbico, batendo e machucando a mão contra as rochas.

Estava sem forças para prosseguir. Chorou feito uma criança abandonada. Não sabia onde estava, nem por que estava fazendo aquilo, nem por que aquilo estava acontecendo. A luz, lá no topo do altar dos deuses, parecia tão distante que ele jamais conseguiria tocá-la. Tentou se mover, mas a dor era forte demais. Bateu com o punho fechado no chão por três vezes. Bateu de raiva, mas também parecia desistência. Sentia-se impotente.

Como um índio traído por um homem branco.

Com esse pensamento, que não parecia dele, a luz ganhou vida. A mente havia enfim clareado. E ele via. Não *ela*. Mas *eles*. Seres de presença sinistra e formas nebulosas o observavam no chão.

Em um instante já não estava mais na caverna. Estava novamente na entrada como se *ela* o tivesse cuspido. Se perguntou se não fora uma alucinação. Não tinha mais ferimentos no rosto, o joelho não doía, nem vestia a mesma roupa ensopada com água e sangue. Vestia um uniforme. Escutou um barulho de vozerio e virou-se num instante.

Não estava só. Não mais. Havia outros como ele, em número que mal conseguia contar. Vestiam o mesmo uniforme e carregavam as mesmas armas.

Tobias se virou novamente depois de ouvir outro vozerio. Dessa vez na língua falada pelos antigos. Traziam guerra nos olhos pintados. O cenário era diferente; não havia lápides nem gravetos triangulares, e tudo parecia mais claro. Tudo acontecia muito rápido. Os gritos, a correria, a batalha. Em algum lugar ecoava o choro de uma criança fora de vista. Ferros de espadas se chocavam contra madeiras de lanças. Escravos lutavam ao lado de brancos, e armas de pólvora primitiva venciam guerreiros da terra que batalhavam de peito aberto, como guerreiam os deuses. Tudo era suor, gritos, sombra e sangue.

No meio da poeira erguida, ainda podia ouvir o choro da criança. Caminhou até encontrá-la sentada, nua, pequena e desprotegida diante dele. O berro dela lhe dava nos nervos. Queria que aquela criança feia calasse aquela boca aberta e de dentes ainda mal formados. A pele vermelha machucada lhe trazia repugnância. Havia uma espada em sua mão direita. Ergueu-a e prometeu que perfuraria *aquilo* se o choro não cessasse.

Foi quando a índia apareceu.

Cobrindo apenas a vergonha, ela abraçou a criança chorosa. Olhou para Tobias com bravura. A criança não interrompeu o choro. A índia o xingava em línguas perdidas e ele podia entender que eram ofensas. Apertou mais forte o cabo da espada. A criança berrou.

Pela última vez.

A lâmina da espada penetrou pelas costas o pulmão do bebê e terminou a trajetória no abdômen da mãe, saindo pelas costas perfuradas, atravessando dois corpos com uma única lâmina. Ele soltou a espada e viu os corpos caindo, manchando ainda mais o solo de sangue. Então percebeu que o sangue que manchava suas roupas não era dos outros. Nem da mãe, nem da criança. Era dele.

Novamente estava deitado, sozinho, ainda no interior de Karkumba.

Sentia o chão frio. Sentia frio. O sangue ainda vazava do ferimento, pouco a pouco. Logo os sentidos desapareceram e o fio de prata foi cortado. Gostaria que a última imagem a ser vista fosse a da entrada do Altar a qual jamais iria.

Em vez disso, vira por último a imagem de mãe e filho perfurados por uma única lâmina.

Naquele momento sentiu novamente a mão de alguém tocar-lhe o pescoço. Outras mãos lhe seguravam os ombros, os braços e as pernas. O toque ardia. Não podia se mexer. Sentia as mãos. Queria sair daquela casca, mas não conseguia. Não o deixavam. Não o deixariam.

Escutou os vermes se aproximando e desejou morrer. Mais uma vez.

Os vermes começaram a rastejar por sua pele e a eclodir de seus poros. Ele berrou enquanto as criaturas saíam de suas narinas e de suas orelhas. A boca aberta os engolia novamente. Pequenos dentes lhe penetravam na carne. Ao fundo, ainda as risadas *dela*. A única vez que abrira os olhos, podia jurar ter visto acima dos vultos uma criança no colo da mãe. Os dois o observavam calados, e era justo. Naquele momento, era a vez dele de gritar.

CAPÍTULO VINTE E UM

PEDRO AJEITOU O ÚLTIMO globo de vidro. Desceu devagar os degraus da escada móvel e a dobrou para carregá-la de volta. Havia concluído o trabalho da noite. Observou o rastro de luz que havia deixado com as tochas na rua de terra. Sentiu-se satisfeito. Ele e os outros acendedores haviam reerguido aqueles postes de madeira depois dos últimos acontecimentos.

Quando os postes tombaram.

Quando Aílton morreu.

Andou com a escada apoiada sobre o ombro e sentiu o calafrio lhe subir pelo estômago. Foi quando escutou o primeiro grito. Girou trezentos e sessenta graus mais de uma vez. Viu cada tocha daquela rua se apagar, uma a uma. Depois escutou cada globo de luz explodir. A escada escapou de sua mão e caiu com um barulho alto. Então outro grito, vários deles, parecendo ecos do Inferno. De um momento para o outro, parecia que todos os mortos de Véu-Vale estavam correndo pelas ruas. O acendedor se pôs de joelhos, fechou os olhos e agarrou a Cruz de prata que carregava no pescoço. Ficou em silêncio, ignorando os brados, para se encontrar dentro de si mesmo, e então encontrar seu Deus. Rezou alto. Mas nada lhe aconteceu.

Naquele dia, ao menos os gritos não o atingiram. Não enquanto os mortos quisessem apenas ser escutados.

Não enquanto só quisessem isso.

CAPÍTULO VINTE E DOIS

Havia um cheiro de morte intenso naquele lugar. O mesmo que uma pessoa sente se inspirar mais forte em um enterro. A morte não tem um odor que o olfato reconheça, como reconhece de longe um perfume ruim. O cheiro da morte na verdade é como o sabor da água; em teoria não existe, mas, se chegar até os seus sentidos, você sabe que está lá.

Exatamente como um fantasma.

Naquele cemitério de cruzes rústicas demarcando propriedades mórbidas, uma nova cova estava sendo aberta ao lado de outra recente. Era uma constatação curiosa, aquela: as covas de Véu-Vale pareciam ser abertas em um menor intervalo de tempo que qualquer outro lugar. Havia muitos presentes pelo morto daquele dia. A impressão era de que Véu-Vale inteira ali estava pelo filho, como estivera pelo pai. Comandando a cerimônia, eram quatro.

Um dono de bar, que cavou a cova.

Um acendedor e o irmão de um ex-acendedor, que cobriram o corpo morto.

Um padre que presidia algumas palavras sobre a alma condenada.

Em um vilarejo como Véu-Vale, onde os dias transitam semelhantes, onde as palavras quicam na redoma e voltam como ressonâncias sem dono, certo sentido de unidade é quebrado quando se perde um dos seus. Não importava se a pessoa falecida era querida ou não; não importava se havia pecados não expurgados, não importava nem mesmo se havia o merecimento; se o morto era de Véu-Vale, todo o vilarejo estaria lá.

Em um local cujos moradores se conectavam pelo mesmo medo da chuva de um terceiro dia, manter aquele sentido de unidade, mesmo após a morte, trazia uma garantia que todo homem com medo gostaria de ter: a certeza de que não estaria sozinho na passagem. Era por isso que eles sempre estavam lá, acima do solo que juntava restos de índios e brancos, diante *dela*. Independentemente da filosofia com que os vivos encaravam a morte, nas mãos carregavam tochas que crepitavam em luminosidade difusa.

Esse era mais um detalhe digno de nota.

Os enterros em Véu-Vale só aconteciam à noite.

Centenas de pessoas se juntavam diante da nova cova, iluminando um caminho que não enxergavam, mas sabiam que estava ali.

Como o sabor da água.

Como o cheiro da morte.

Pedro Mathias e Carlos Handam sepultaram o corpo de Tobias revestido pela mortalha diante das últimas palavras de um padre de voz vazia. Hugo El Diablo ajudou a cobrir o caixão e o vilarejo se manteve calado e imóvel por minutos, como se analisassem a parte de seus espíritos que estava sendo perdida naquela noite.

No fim das contas, eles sabiam que não era uma parte grande.

Naquela noite com cheiro de morte no cemitério, um vilarejo inteiro era testemunha da partida de Tobias.

Mas nenhuma lágrima.

Nem uma única lágrima.

CAPÍTULO VINTE E TRÊS

GUALTER ACORDOU JOGANDO OS LENÇÓIS para os lados, assustado, com movimentos rápidos e agitados, como os de alguém caindo em um poço. Ocultistas costumavam dizer que a sensação de queda acontecia quando o espírito retornava ao corpo de forma abrupta. Já para Gualter Handam, o sonho era apenas uma subfunção do cérebro, e a teoria não tinha, portanto, qualquer sentido (embora, se fosse sincero consigo próprio, também não soubesse dizer o que fazia sentido).

Marina não se assustava mais com os pesadelos súbitos. Gualter observou os arredores do quarto. Pouco a pouco foi recuperando o ritmo respiratório. Limpou o suor. Deitou relaxado, sentindo os ombros repousarem no colchão macio e o pescoço afundar em um travesseiro terapêutico cheio de lombadas, que na propaganda prometia um sono tranquilo.

Mas nem sempre cumpria.

Foi quando relaxou que reparou melhor em Marina ao lado. A garota estava sentada na cama com os óculos de grau baixo e alguns livros e textos impressos no colo. Na cabeceira de madeira, um abajur ligado.

Ele olhou para o relógio eletrônico na cabeceira. Ao lado estava o relógio de corda presenteado pela mãe, cujo barulho podia ser irritante se alguém parasse para se concentrar nele. De qualquer maneira, fossem em letras vermelhas berrantes, fosse em ponteiros em ângulo agudo, ambos marcavam o mesmo horário: duas e vinte e sete da manhã.

– Isso é trabalho de faculdade?

– Não – disse ela, sem interromper a leitura. – Os livros até são da faculdade, mas é mais curiosidade.

– Sério? E está lendo sobre o quê?

– Relatos nacionais sobre mortos que caminham gritando.

– De novo. Não, eu não acredito que você...

– Olha aqui, se você não tem curiosidade de saber o que acontece no seu próprio vilarejo, eu tenho.

– Marina, pelo amor de Deus! Isso não é racional...

Marina tirou os óculos. Apoiou os livros sobre as coxas cobertas pelo lençol fino e olhou para Gualter com uma expressão invocada.

– Está bem, senhor Sabe-Tudo! Então me explica *racionalmente* – ele sentiu na palavra um tom de ironia – o que é que acontece em Véu-Vale!

– Eu já disse! Todo lugar tem suas lendas.

– A partir do momento em que lendas *machucam* pessoas, se tornam muito mais do que isso.

– Você está completamente desprovida de razão.

– E você, de argumentos.

– O que acontece em Véu-Vale pode ser fruto de uma histeria em massa – arriscou ele.

– Péssimo. Você não tem *mesmo* nada melhor?

– Eu entendo o que você quer descobrir. Às vezes também penso no assunto. Imagino que em Véu-Vale possa estar a minha grande busca, meu legítimo distúrbio original.

– Sei... o que vai escrever o seu nome na História, né? – dessa vez ele sentiu o tom de ironia na frase inteira.

– Exatamente, querida! – Gualter imitou o tom. – Estava mesmo pensando em escrever um livro sobre o assunto.

– Bom, então você tem uma teoria para o que acontece por lá...

– Acredito que o caso possa constituir uma ilusão coletiva.

– Ai, essa é pior do que a histeria em massa. – Finalmente a ironia deu lugar ao deboche.

– Ah, é, sua irritante? – resmungou ele. – Então me diz você o que acontece em Véu-Vale!

– Já parou para avaliar a possibilidade de *fenômenos psíquicos*?

– Ah, claro! E quer tirar sarro pela histeria em massa...

– É sério, Gualter! Está tudo aqui nesses livros.

– São livros sobre parapsicologia? – perguntou ele, agora com mais seriedade.

– Não, já disse: são relatos de casos e lendas de diferentes regiões e países.

– E que ligação você encontrou com Véu-Vale?

– Repare nisso aqui. – Ela estendeu um texto impresso da internet. Embaixo deste, havia outros em inglês, em espanhol, em português do Brasil e de Portugal. – Fala sobre casos reais acontecidos em algumas regiões de Portugal como Silves. Regiões diferentes narram o mesmo caso com modos e explicações diferentes.

– 'Zorra Berradeira'? – Gualter leu em voz alta com uma careta. – Que diabos de nome é esse?

– É como eles chamam, ué! Em Santiago del Estero, na Argentina, usam o nome *Kaparilo*! Na região de Atuba, tem um ainda mais interessante.

– Que seria...

– *O Bradador.*

Gualter ficou quieto. Ela continuou:

– E adivinhe o porquê do nome? Olhe esses relatos de outras cidades. Em regiões próximas, chamam o mesmo caso de *Gritador*.

Gualter leu em silêncio. Depois pediu para ler os outros. Os relatos e reportagens falavam sobre acontecimentos bizarros ocorridos em cidades interioranas, todos com diferentes explicações sobre um espírito que corria à noite pelas cidades emitindo gritos.

Em lugares como Colombo, as explicações envolviam uma múmia desenterrada de um cemitério local ou um espírito que tinha morrido antes da hora.

Em Pinhão, acreditavam se tratar do espírito condenado de um velho ateu, que vagava pelas noites sem descanso como punição por antigos crimes cometidos.

– Quando você acordou, eu estava lendo esta tese de um cidadão americano que dá uma explicação completamente diferente para o fenômeno...

– Qual é a dele?

– *OVNIs*.

Handam torceu o nariz. Para ele seria mais fácil aceitar os *fenômenos psíquicos* que os *alienígenas*.

Em algumas das regiões relatadas, via-se um vulto negro de forma humana não identificável.

Em outras, um anão de um metro e meio ou talvez uma criança que corria à noite pelas estradas de terra gritando até sumir no horizonte escuro.

Em outras, um duende correndo pelos campos todas as sextas--feiras depois da meia-noite.

No interior de Algarve, em Portugal, a criatura seria uma raposa já tão presente no imaginário popular que havia uma reprodução feita pelo pintor Carlos Porfírio no Museu Etnográfico de Faro.

Uma das histórias mais criativas, porém, era a que afirmava que o duende do Vale do São Francisco era na verdade um vaqueiro que desrespeitara a Sexta-Feira da Paixão e fora amaldiçoado por isso. Hoje ele correria pelo mato gritando, acompanhado de sua boiada, seu cavalo e seu cachorro.

Bom, talvez tão criativa quanto a entidade argentina que se transformava em bola de carne.

– Já ouviu falar sobre o Murmúrio de Taos? – perguntou ela de repente, como se isso fizesse algum sentido.

Gualter a observou como faria se ela própria fosse um OVNI.

– Eu nem sei o que é Taos...

– É uma cidade do México.

– E o que tem?

– Alguns moradores e visitantes da cidade afirmam escutar um murmúrio, que viria com o som do deserto.

– E por que isso seria relevante?

– Porque apenas dois por cento dos locais afirmam conseguir escutar o som...

Gualter travou, pensativo.

– Quais as explicações dadas até agora? – quis saber.

– Alguns acreditam ter a ver com a acústica peculiar do local. Alguns que seja fruto de... bom... uma histeria...

Ele deu seu sorriso mais cínico. Ela jogou um cone de papel na cara dele.

– E o que mais dizem?

– Alguns o descrevem de maneiras diferentes, mas, no fim, se a origem da coisa é natural ou psicológica, ninguém conseguiu provar ainda.

– O que só abre brechas para misticismos.

Ela fez uma expressão demonstrando que havia chegado ao ponto em que ela esperava.

– Alguns acreditam que possa ser algo sobrenatural.

– Espiritual?

– Sobrenatural.

– Algo sem causa natural nem possibilidade de comprovação científica?

– É você quem tem de me dizer...

– Nós agora estamos falando de Taos ou de Véu-Vale?

– É você quem tem de me dizer...
Ele sorriu, rendido. Até ela levava o divã para a cama.

Por um momento, Gualter Handam sentiu que Véu-Vale era apenas parte de um todo muito maior que ele jamais imaginou existir.
Um microcosmo dentro de um macrocosmo.
Talvez a busca por qualquer resposta começasse por isso.
Nós agora estamos falando de Taos ou de Véu-Vale?
Era a hora de descobrir.

CAPÍTULO VINTE E QUATRO

MAYARA HANDAM ERA a mais nova dos irmãos Handam, depois da pequena Carolina, que estava prestes a completar doze anos. A irmã se encontrava no auge dos vinte e seguia o curso natural da sociedade em que aprendera a viver, casando-se cedo, com pouco mais de quinze anos, a fim de constituir família.

Gualter Handam, o irmão mais velho, não estava presente na cerimônia. E tinha um motivo forte para isso. A irmã se casara com Francisco Matagal. O homem...

que matou seu pai.

O mais rico em patrimônios.
O mais desafortunado em espírito.

Carlos Handam foi ao casamento. Entretanto, não levou a noiva ao altar nem se postou diante de um dos bancos da capela. Observou a cerimônia do fundo, mais como um observador que ali estava para absorver um momento que a imaginação não era suficientemente fértil para reproduzir. Não tinha grandes ciúmes de Mayara. Como toda a família, seu problema era com Francisco Matagal. De vez em quando, Carlos afiava uma faca e imaginava-se perfurando o peito daquele homem. Seria um momento de triunfo. De euforia. De justiça. Havia tudo para que a ocasião existisse: o inimigo, o motivo e as oportunidades.

O único elemento que faltava era a coragem.

Uma coragem que Carlos Handam tentava encontrar desde o maldito incidente.

Naquela época, dez anos antes, a chuva já trazia o medo – *e aquilo* –, mas os homens pareciam mais maduros. As crianças brincavam despreocupadas, esperando o chamado dos pais. Jogavam com uma bola feita de meias costuradas por Mãe Anastácia em um campo de terra improvisado.

A família Handam era unida e Carolina ainda viria a nascer. Carlos, então com onze anos, dividia a residência com os irmãos Gualter, Mayara, e César – ainda vivo –, e o pai Jerônimo.

No campo estavam os três irmãos, Pedro "Pregador" Mathias – muito antes de se tornar um acendedor – e Tobias – muito antes de se tornar um bêbado suicida. O jogo corria como uma pelada de adolescentes com uma bola de meia: cheio de tropeços, trombadas e risos. Era a isso que remetiam aqueles jogos de fim de tarde. Um amálgama de risos, inocência e da mais pura satisfação.

Até Francisco Matagal e seus comparsas chegarem.

Eram três. Diziam às pessoas que andavam armados, embora nunca mostrassem as armas. À frente, Matagal trazia na corrente um cachorro – um pastor alemão gigantesco. Chamava-o *Seth*. Não se sabe se Matagal tinha consciência de que o batizara com a mesma denominação do deus egípcio do ciúme, da inveja, da guerra, do caos. O rei dos demônios, que invejou o reino do irmão Osíris e lhe usurpou o trono, esquartejando-o e espalhando os pedaços de seu cadáver. Um demônio orelhudo e narigudo, chamado no Livro dos Mortos de "Senhor dos Céus do Norte", responsável por trovões e tempestades. De qualquer maneira, era curiosa a associação.

Era um nome perfeito para o cão de Véu-Vale.

Os homens de Matagal pararam para rir daquele jogo inocente e despretensioso. Gritaram bobagens na tentativa de parecer um pouco mais simpáticos do que realmente eram.

Mas Seth decididamente não parecia a fim de assistir a jogo algum.

Talvez a culpa tenha sido do ambiente descontraído da atividade esportiva, ou da conversa irresponsável que Francisco Matagal entretinha com seus homens. Mas a consequência foi que a displicência da mão que agarrava a coleira teve resultados trágicos. O cão se soltou, raivoso como um demônio, e avançou pelo campo de terra com presas à mostra e um rosnado de fera.

A situação foi tão rápida e inusitada que surpreendeu ao próprio Francisco Matagal. O fazendeiro, passado o choque e a surpresa iniciais, também manifestou uma reação atípica para a postura que adotava naquelas terras: colocou-se de pé em puro reflexo e sacou um .38 carcomido.

Foi a primeira vez que aquelas pessoas viram Francisco Matagal exibir uma arma.

O cachorro foi com tudo em cima da bola de meia. Porém, no calor do momento, o que pareceu foi que na verdade o animal avançava em Gualter Handam. O garoto ficou, paralisado diante da visão assassina.

Ao fundo, a arma de Francisco Matagal apontava para o próprio cão.

– Seth!

Ele ainda bradou o nome duas vezes.

E foi ignorado.

Gualter queria correr, mas, à sua frente, havia o cão demoníaco; a primeira visão de uma arma de fogo empunhada; a bola de meia a seus pés; a responsabilidade de ser o mais velho.

Em poucos segundos, ele seria a presa mais fácil. E só havia uma maneira de parar a fera.

Um tiro.

Limpo. Seco. O barulho estalado da pólvora num revólver de verdade, bastante diferente do som de tiro das novelas radiofônicas. Um latido fino e o avanço interrompido; o cão caiu de lado e se arrastou pelo chão de terra até a paralisação total.

Nas sombras, apenas uma respiração acelerada e o olhar perdido de um animal que sabia que havia sido vencido. De um demônio caído. Metros atrás do bicho morto estava Francisco Matagal, ainda empunhando o revólver. Assustado.

Pois não fora ele quem dera o tiro.

De outro ângulo, trinta graus para o norte, Jerônimo Handam empunhava um .38 muito parecido com o de Matagal. O punho abaixado e a expressão de alguém que havia acabado de abater um inimigo.

Um silêncio absoluto e aterrador tomou conta do local.

Nenhum grito.

Nenhum questionamento.

Simplesmente todos se olharam como soldados em um campo de batalha após o término de uma guerra, e caminharam na direção de suas casas. Carlos lembrava-se do olhar que Jerônimo, o pai-herói, trocou com Matagal. Era olhar de homem, e de um homem que agia em vez de falar.

Era como se o silêncio de Jerônimo Handam contivesse também um aviso: *nunca se meta com minha família.*

No campo, restara apenas o dono do cão, seus homens, e o cadáver do animal. Hoje enterrado em um caixão mais caro que o de muitos chefes de família de Véu-Vale.

Ainda assim, o caixão sempre evocaria o olhar.

E o aviso...

nunca se meta com minha família.

A advertência não foi obedecida. Francisco Matagal tentara uma vez se casar com Mayara.

Jerônimo recusou o pedido.

Isso foi um mês *antes*. Antes da morte do cachorro. E antes da morte inexplicada do próprio Jerônimo. Ninguém sabia dizer o que acontecera, mesmo porque ninguém investigaria o caso num vilarejo pequeno como Véu-Vale. Gualter e Véu-Vale inteira, contudo, sabiam que Matagal estava envolvido. E justamente por isso, policial nenhum dispensaria maior atenção àquele caso.

Porque, assim como o cão de Véu-Vale, o rei dos demônios usurpara um trono. E era o deus maligno dos trovões e das tempestades.

Passaram o resto da vida tentando explicar. Por que o pai aparecera de um dia para outro com dois buracos de bala no meio do peito, simulados como resultado de um assalto trágico? Por que sua morte virara de ponta-cabeça aquela família?

Foi depois da morte que Gualter partiu. E que Mayara casou-se com Matagal. Dois anos depois, César, o irmão que devia estar ali com eles, também era devorado pela terra, enterrado ao lado do pai. E foi nesse fogo-cruzado que nasceu Carolina – o que justificava o protecionismo com que Carlos Handam a cercava.

Dez anos depois, Carlos ainda arava a terra pensando na cadeia de eventos, sem esquecer a figura do irmão que *fugiu*.

Afinal, pior que o irmão morto era o irmão vivo mas ausente.

Ainda assim, Carlos Handam tentava não pensar demais em Gualter. No peito, ainda havia a angústia de relembrar do caso do pai. E tudo o que vinha com essas memórias. O incidente. O aviso. As mortes. As consequências. O mais difícil de todas aquelas lembranças, todavia, ainda era aquele olhar que o pai lançara ao homem que o mataria.

O olhar repleto da coragem com a qual Carlos Handam sonhara a vida inteira.

Mayara Handam estava sentada em uma cadeira de balanço, trançando a renda de um crochê, como se o mundo estivesse parado. Tinha vinte anos. Pareciam trinta. A pele, a feição, a expressão: tudo lembrava uma mulher jovem que parecia envelhecer muito antes do que deveria.

Escutava uma estação de rádio local, que naquele horário costumava narrar novelas com efeitos de sonoplastia. Mayara às vezes se perguntava como teria sido se houvesse feito como o irmão mais velho. Sabia que Carlos acreditava que o irmão havia *fugido*. Mas ela não. Ela acreditava que...

O homem que me dava ordens morreu.

Gualter havia apenas ido ao encontro de um destino que precisava seguir. Tinha ainda mais certeza disso quando se imaginava na pele das protagonistas daquelas novelas radiofônicas. A realidade de suas escolhas, contudo, costumava voltar com total intensidade nesses momentos.

– Mayara... – A voz soturna tomou o ambiente. – Precisamos conversar...

O marido entrou na sala mergulhada na penumbra. O compasso do gingado manco era bem marcado no chão de madeira. A presença carregava o ambiente com uma energia pesada. Na face, a expressão descontente de quem falaria sério, esperando que fosse a única vez.

– Se não me engano, tu costuma passar a roupa com Nádia, não é verdade, mulher?

Nádia era a criada da fazenda. Senhora de idade, um pouco além dos cinquenta anos. Negra. Trabalhava naquela fazenda desde os vinte. Viu Matagal crescer e se tornar o novo senhor. Viu as alegrias e tristezas daquela casa e tinha discrição suficiente para não deixar que a boca contasse com detalhes o que os olhos nem sempre gostavam de ver.

– Sim – disse Mayara, no impulso, com a voz fraca de temor. – Sim, marido. Costumo.

– Então pode me dizer qual das duas foi responsável por isso?

Ele ergueu uma peça de roupa e o mundo de Mayara se tornou triste. O coração foi à boca. Aquela não era uma peça de roupa comum.

Era uma farda militar.

Francisco Matagal estava na casa dos quarenta e vivia de plantar, mas nem sempre fora assim. Quando tinha metade da idade atual, seguiu carreira nas Forças Armadas. Tornara-se soldado. Tornara-se sargento. A postura, a conduta e as habilidades de liderança eram elogiadas por seus superiores. Tinha certeza de que seria um dos mais brilhantes militares a vestir aquela farda, e ninguém poderia impedi-lo. E em verdade, pessoa nenhuma o impedira.

Fora um animal.

Montava o cavalo mais bonito e vigoroso da região, como se a beleza do bicho ratificasse sua confiabilidade. Cavalgava com o peito estufado e o orgulho que um soldado acredita ser necessário exibir. E tudo fora culpa de um lapso. Se distraíra com um inseto. Um marimbondo. Havia rodeado a cabeça do cavaleiro e quase o atacara. Isso teria gerado alguns curativos e uns dias de dispensa.

Mas não.

O maldito não estava satisfeito em atacar o cavaleiro. Foi direto no cavalo. Atingiu-o em um dos olhos.

Aquilo sim foi um grande problema.

O animal equilibrou-se nas patas traseiras. E foi tudo tão rápido que o sargento Matagal sequer sentiu dor no momento em que a perna direita bateu de maneira brusca e torta contra o chão.

E a rótula do joelho correu na direção oposta com um estalo.

Tentou se levantar até cair novamente, rendido. E só então entendeu que estava condenado a Véu-Vale. Foi quando morreram as boas partes daquele homem.

A partir dali, só restariam sombras.

Como se não bastasse, Matagal recebeu logo em seguida a notícia da morte do pai. Havia um único herdeiro. Alguns acharam sorte o jovem prematuramente aposentado conseguir de herança uma fazenda tranquila.

Francisco Matagal, não.

Para ele não havia alegria nem sorte naquilo. Não havia nada além da angústia de quem sabia que não tinha mais o mundo inteiro em seu destino, apenas a vida derrotada no fim do fim de mundo.

O único troféu que lhe restara fora a farda.

Havia dias em que se trancava no quarto, tomava-a como a uma amante, deitando-a no colo e a acariciando-a como jamais faria com a esposa. Dependendo da intensidade da escuridão, vinham as lágrimas com uma mistura de sofrimento e raiva. Não chorara a morte do pai. Sentira, mas não chorara. Quando fora aposentado pelas Forças Armadas, no entanto, não conseguira se conter.

Todos no vilarejo sabiam disso.

E foi por isso que sua mulher tremeu quando ele ergueu a farda, uma imensa mancha preta na altura da manga.

Mayara Handam sabia o motivo daquilo. Como não havia eletricidade em Véu-Vale, e como o vilarejo gostava que assim o fosse, as roupas eram passadas com ferro a carvão. Esse instrumento necessitava de determinada paciência e atenção da passadeira, pois era necessário um abanador para impedir que o carvão apagasse. Exatamente por isso era comum as passadeiras terem uma ajudante que cuidava especificamente dessa parte do trabalho.

No caso de Nádia, a própria Mayara.

Mayara Handam gostava de ajudá-la. Em meio ao tédio de sua vida, conversar com a criada era uma das situações mais interessantes em que poderia se colocar. As roupas dos homens da fazenda eram engomadas com polvilho de saco, um tipo de farinha que se misturava água em grandes baldes, como se fosse um sabão em pó. Era assim com todas as roupas, inclusive as de Matagal.

Mas não aquela farda.

Aquela maldita farda tinha de ser engomada com uma mistura inventada pela própria passadeira, de mingau e querosene, que deixava a farda dura como estivesse pronta para ser entregue a um novo soldado.

Ou a um ex-sargento.

Já daquela mancha desgraçada, ela se lembrava bem. Dias atrás, Nádia estava passando a farda, com todo o cuidado de sempre, quando aconteceu. Rápido como o empinar de um cavalo. Era um dia triste.

Era um dia de gritos.

Quando os sentidos voltaram à obediência, o ferro a carvão estava dormindo sobre a manga esquerda da maldita farda.

– Eu vou perguntar mais uma vez: qual das duas foi responsável por isso?

Mayara poderia acusar Nádia. Seria fácil. A senhora não poderia enfrentar sua palavra. Mayara, contudo, sabia o que o marido faria à mulher. E que seria muito além dos limites que uma pessoa daquela idade estaria apta a enfrentar.

Sabia que ele a faria gritar como uma terceira noite consecutiva de chuva.

Talvez tenha sido por isso que Mayara Handam baixou a cabeça em silêncio, assumindo sozinha uma culpa que nenhuma das duas merecia. Mordeu um dos lábios. E apertou os olhos. A decisão era difícil.

Ela sabia que seria sua vez de gritar.

CAPÍTULO VINTE E CINCO

– DE FATO... – se o paciente em questão pudesse ver a cara de Gualter Handam ao dizer aquilo, veria também o seu nítido esforço para manter sob controle a concentração e o humor – ... o que está passando atualmente é apenas um reflexo de toda pressão psicológica que você sofreu nos últimos meses.

Mikael Santiago era a nova estrela do futebol mundial, o novo dono da camisa sete da seleção brasileira de futebol e o favorito ao prêmio de melhor jogador do mundo pela FIFA. Não tinha naquele momento muito mais que vinte e dois anos, uma proposta multimilionária com o futebol francês e um contrato vitalício em andamento com uma poderosa empresa de materiais esportivos. Curiosamente, sua origem não remetia às favelas marginalizadas nem às classes mais baixas da população; Mikael era relativamente culto para a idade que tinha e falava fluentemente dois idiomas, o que valorizava sua imagem entre o público de maior poder aquisitivo.

O nome de batismo vinha da variação de Miguel, arcanjo que dava nome ao dia de nascimento, vinte e nove de setembro. Por mais forte que fosse seu nome, contudo, entre o grande público ninguém sabia quem era Mikael Santiago. O detalhe era que a habilidade e o talento daquele garoto eram tamanhos que nem mesmo pareciam humanos; aliás, mais pareciam beirar o sobrenatural. Tal prodígio fez com que os companheiros, e mais tarde os torcedores fanáticos pelo esporte ao redor do mundo, dessem a ele um apelido que ficaria imortalizado na história do esporte.

Era por isso que ninguém sabia quem era Mikael Santiago. Mas sabiam quem era o *outro*. O nome reverenciado como mito. O apelido que toda uma geração de moleques apaixonada por futebol gritava.

O Allejo.

Alguma coisa grave, porém, estava acontecendo com sua psique ultimamente ao ponto de preocupar toda a estrutura comercial que já girava ao redor dele. Grave o suficiente para influenciar seu desempenho em campo. Logo, o próprio empresário tratou de aconselhá-lo a buscar o psicólogo mais bem-recomendado e tentar manter sua cabeça no lugar para que todos saíssem felizes com o tratamento.

Era aí que entrava Gualter Handam.

O problema era que, desde que voltara de Véu-Vale, Gualter não era mais o mesmo. Não se concentrava como devia, nem tinha a mesma paciência de outrora.

Gostava de futebol, com certeza.

Mas não dizia o mesmo dos jogadores.

– Não é pressão! – esbravejou o jogador, deitado no divã. – Não é *pressão* porra nenhuma!

Gualter contou mentalmente até dez. Pelo que lhe estavam pagando, devia contar até a casa de milhões.

– A questão é que tem alguma coisa acontecendo comigo! – insistiu o rapaz.

– E em sua opinião, o que estaria acontecendo?

– Ai, meu Deus... – A grande diferença entre o humor de Gualter e o do jogador era que Mikael, como cliente, não precisava disfarçar sua irritação. – Será que você faz alguma coisa que não seja me devolver as perguntas? Eu já não tô falando há mais de meia-hora, droga? E você quer que eu continue aqui falando...

– Gostaria de falar mais sobre a pressão ao seu redor?

– Não, não! Pressão, fama, status, isso tudo é lixo! Minha preocupação mesmo é com ela...

Era verdade. Mikael namorava a última revelação da ginástica feminina brasileira desde Daiane dos Santos: a igualmente jovem Ariana Rochembach. E, se entre centenas de possibilidades envolvendo outros especialistas ele estava exatamente ali no consultório de Gualter Handam, era apenas porque o psicólogo mantinha boas relações profissionais. O casal de esportistas era o novo fenômeno comercial da mídia internacional, principalmente de programas de auditório que nada tinham de esportivos. A beleza e a repercussão do par provocavam uma verdadeira guerra entre marcas esportivas e produtos interessados não apenas na associação à imagem de ambos como também na exclusividade por isso.

Entretanto, na última semana eles voltaram à mídia de uma forma inesperada. Ariana, ao desenvolver no solo uma apresentação espetacular ao vivo, executou com perfeição o movimento *Dos Santos*, criado pela ginasta Daiane.

O resultado foi tão magnífico quanto trágico.

Ariana havia atingido no salto uma espantosa marca inédita de quase três vezes e meia a sua altura. A estrutura óssea, porém, não suportou a cravada final na arena, culminando na infeliz fratura de um calcanhar em dois pontos distintos, diante das lentes de jornalistas de todo o mundo.

Os médicos já falavam em aposentadoria antecipada.

Gualter reparou nos olhos do jovem fixos num ponto do teto, como se estivesse vendo o rosto da garota.

– Ela tá arrasada! Você sabe que esta consulta foi marcada pra ela, né? Mas... como ela não quis vir... fazer o quê? O meu empresário me convenceu a conversar com você no lugar.

Sempre há um quarto sobrando, não é?

– E por que quis vir?

– Eu não quis, me obrigaram... – A sinceridade do rapaz transparecia. – Mas... sabe... a situação dela é bem difícil! Acho que a ginástica pra ela é até mais do que o futebol pra mim, só pra te dar uma ideia. Se ela não puder mesmo voltar... não quero nem...

– Acredita que ela vai se recuperar?

O homem que me dava ordens morreu.

– Se dependesse só dela? Com certeza! Mas, então, *doutor Handam* – Gualter sentiu o mesmo tom de deboche que Marina ocasionalmente utilizava –, até o caso dela tem a ver com isso que estou dizendo! Sobre o que tem acontecido comigo! Tô te dizendo: tem alguma... *força negativa*, sei lá, atrás de mim, e influenciando as pessoas próximas...

– Certo... *força negativa*... – Como as que corriam pelos campos em relatos impressos na internet, Gualter pensou. – E essa *força negativa* seria oriunda...

– Quer mesmo saber? Eu acho que tem um bando de macumbeiros fazendo trabalho pra cima de mim!

Gualter observou melhor para ver se o garoto ainda estava debochando de sua cara.

O mais surpreendente era que não.

– Interessante... – A caneta de Gualter não parava de anotar em um caderno. – E, bom, você os conhece?

– Eu nunca vi nenhum deles antes! Mas eles me ameaçaram!

– Certo. Então um grupo de... *macumbeiros*... o ameaçou com um...

Homem que falava com espíritos

– ... *trabalho espiritual*, digamos assim, e acredita que isso estaria diretamente ligado com os problemas psicológicos e físicos pelos quais você vem passando... Seria isso?

– Você não tá me levando a sério, né? Eu sabia! Você não me entende, psicólogo!

– De maneira alguma! É que me pergunto se...

o homem que matou seu pai...
o homem que falava com espíritos...

– ... seria um caso de polícia ou de exorcismo. – Gualter disse a frase mais para si do que para o outro, mas apenas percebeu o lapso tarde demais.

E o quanto isso iria custar.

– Eu já fui à polícia, seu idiota! – esbravejou o rapaz, se levantando e vestindo a jaqueta de couro. – E a reação deles não foi muito diferente da sua. Aliás, eu não sei onde estava com a cabeça quando aceitei vir nessa merda de lugar!

– Por favor, foi um comentário irresponsável e extremamente infeliz da minha parte. Desculpe se eu... – O desespero era sincero.

– A minha vida já está um caos. Pra eu pagar pra ficar escutando gracinha, eu converso com o meu cachorro, que me escuta em troca de um osso muito mais barato!

O jogador se dirigiu à saída e abriu a porta com violência. Gualter estava com os olhos arregalados e a boca aberta, tentando dizer alguma coisa. E como é ruim ter de dizer alguma coisa quando o melhor é ficar calado.

– Senhor Santiago...

BAM. A porta fechou, deixando o psicólogo com a expressão de quem não acreditava no que tinha feito. Se tivesse feito algo do tipo no início de sua carreira, poderia ter voltado a acender tochas em vilarejos sombrios. Uma mina de ouro acabara de escorrer por entre seus dedos, mas havia ainda uma situação mais grave.

Era a primeira vez em muito tempo que uma pessoa saía do seu consultório pior do que entrara.

– Deus, o que está acontecendo comigo? – Ele apoiou a cabeça entre as mãos, com os cotovelos na mesa. – Será que alguém jogou maldição pra cima de mim também?

Observou o próprio reflexo em um espelho próximo. Curiosamente, enxergou apenas...

um homem que sente gosto de sangue em dias de chuva.

... tudo o que nunca quisera se tornar.

A porta se abriu novamente, mas ele não percebeu. Para a pessoa que entrava, a visão era surpreendente. Gualter Handam estava com a cabeça baixa sobre a mesa. O senhor tinha uma barba branca, aliada aos óculos de aros finos, e uma barriga acima do peso.

– A noite deve ter sido boa, não?

Gualter ergueu a cabeça no susto. A visão era uma surpresa.

– Você não aprende *mesmo* a marcar hora, né?

O sujeito sorriu.

– E desde quando professor tem de marcar hora?

– Desde quando o aluno o supera.

– Ou seja, eu ainda não preciso marcar hora...

Gualter assentiu, dando o braço a torcer. Havia poucos homens diante dos quais se dobraria... Aquele era um deles.

– Ainda mais quando sou eu que o chamo, não é?

O senhor se sentou, observando os arredores.

– Aquele que esbarrou em mim era o Allejo?

– Era.

– Você está melhorando as suas amizades?

– Ou piorando meu atendimento.

– Quer se deitar no divã?

Gualter chegou a rir.

– Não hoje. Vamos para algum lugar onde eu possa me gabar ao pagar o jantar.

– Em troca eu devo escutar suas histórias? – perguntou o senhor.

– É claro...

– Em outras palavras: você não quer pagar meus honorários.

Gualter suspirou.

– Certo... – disse, rendido. – Na verdade, eu preciso de um amigo. Homens como nós detestam estar do outro lado do divã.

– Por que gostamos de escutar os problemas dos outros, mas não os nossos?

– Porque sempre que isso é preciso, então não estamos sendo tão bons profissionais quanto imaginávamos.

CAPÍTULO VINTE E SEIS

DOUTOR SAMUEL COHEN SERPOLI. O primeiro nome tinha origem hebraica e remetia ao antigo profeta e juiz de Israel. O segundo reforçava o sangue judeu. O terceiro, sabe-se lá. Professor renomado e estudioso, apaixonado por teosofia, com anos de magistrado. O mestre de Gualter Handam. O homem que cruzara muitos anos atrás com um jovem promissor e assustado, que viera à cidade grande só com a cara e a coragem.

– Certo, Handam... – concluiu o velho teósofo, após escutar histórias envolvendo chuvas, gritos e lendas. Mais uma vez. – O seu caso realmente é bastante parecido com o de legítima sinestesia! Tem certeza de que descarta por completo essa hipótese?

– Tenho. Eu imagino que seja um distúrbio psicológico que causa manifestações físicas.

– Como uma gravidez psicológica?

– Em menor escala, sim.

– E você diz que tem *sonhos*?

– Eles estão me levando à loucura. Tenho sonhado a mesma coisa nas últimas três noites. Não sei o quanto meu subconsciente anda influenciado ultimamente.

– O que tem visto na televisão antes de dormir?

– Não tenho visto televisão.

– O que tem escutado?
– Bach... Handel... Vivaldi...
– O que tem lido?
– O último de Allan Vissa, *Gôndolas Tethapac*.
– É bem sugestionável...

O romance citado se tornara best-seller em pouco tempo. Era uma distopia sobre uma sociedade em que os anos de abuso de inseminações artificiais e manipulações de genomas e células-tronco passavam a gerar crianças com o mesmo DNA. Obrigadas a se submeter ao Governo, as crianças eram conduzidas para locais onde seriam moldadas sob condições idênticas de comportamento e educação: as tais Gôndolas Tethapac. Diante de tal situação, um pai desesperado, na ânsia de identificar o filho no futuro, fazia uma cicatriz no pescoço do garoto, o que obrigava o menino a esconder a marca. Durante as difíceis situações de aprendizado e moldagem de pensamentos condicionados pelas quais passava, o garoto se agarrava de maneira paranoica àquele mero detalhe, com uma veemência admirável, por ser sua única forma de manter uma individualidade em uma sociedade padronizada.

Gualter Handam particularmente acreditava que o livro inteiro era uma metáfora de construção instintiva de pensamento. De qualquer maneira, o livro era um best-seller que psicólogos adoravam debater.

– E o que dizem esses sonhos? – perguntou o professor.

– O primeiro envolve uma índia. Nua. Linda... – Gualter percebeu o próprio devaneio. E se concentrou: – Ela aparece e vem em minha direção, encosta em meu peito e sussurra algo.

– E qual a sua reação?

– Eu não tenho reação. Você sabe como são os pesadelos: a gente tenta falar, mas não consegue. Tenta correr, mas o corpo não obedece.

–Você disse que ela *sussurra* coisas?

– Sim. Sussurra uma frase, mas só lembro determinadas palavras quando acordo.
– Do que você lembra?
– *Morte. Culpa.* Isso foi da primeira vez.
– E como se lembra da frase agora?
– *Morte...* e...
– E...
– *Minha culpa.*
– Uma culpa *dela*?
– Uma culpa *minha*.
– Isso lhe diz alguma coisa?
– Talvez.
– Uma situação ruim? – Samuel percebia que Gualter não entraria naquele assunto tão facilmente. Teria de rodear o local, pular o muro e observar de cima.
– Talvez, se tiver relação, claro.
– E o que você acha que essa índia significa?

O que quer que Gualter estivesse a esconder sobre *morte* e a *culpa (dele)*, não era o momento certo para insistir.

– Anabanéri.
– Eu deveria reconhecer esse nome?
– Não – Gualter sorriu em hesitação. – É uma lenda indígena. É estranho falar sobre isso...
– O que é *Anabanéri*? – perguntou o senhor, enfático, de forma a forçar Gualter a não divagar.
– Um espírito feminino que invade os sonhos para enviar mensagens divinas aos homens. Sei que você vai achar graça, mas...
– Não interessa o que vou achar. Importa o que você acha. Busque dentro de você que tipo de sentimento esse sonho especificamente traz.

Gualter baixou a cabeça. Desfocou o olhar, buscando uma memória sensitiva.

— Me traz... saudosismo.

— Do que sente saudade?

— Não que eu sinta saudades. Ela apenas traz essa sensação.

— A experiência me ensinou que saudosismo costuma estar ligado a amor, família e local de origem. Qual dos três se encaixaria pra você?

Mais um momento de pausa.

— Todos eles. Estive em minha terra de origem há pouco tempo.

— Véu-Vale?

— Então o senhor se lembra... – percebeu Gualter, surpreso.

— E por que *Anabanéri* lhe traz essa ligação?

— Em Véu-Vale a gente cresce ouvindo histórias locais. Lá existe um velho índio, que todos consideram uma referência local. Diziam que é o *pai* dos homens de Véu-Vale. O protetor do vilarejo.

Samuel Serpoli não comentou.

— A lenda conta que no terceiro dia consecutivo de chuva um espírito rejeitado pela terra corre pelas ruas de Véu-Vale, gritando de ódio e vingança. Em tais dias as pessoas evitam as ruas, trancam as portas e apertam os terços.

— E você? – insistiu Samuel.

— Quisera eu poder dizer que é uma besteira, professor. Meu lado mais intelectual pede por isso, mas não é assim tão fácil.

— Por que não?

— Porque se você nasceu em Véu-Vale, você escuta.

Gualter tomou um gole de gim-tônica. Estava decidido a ir até o final daquela conversa.

— E como são os gritos?

— Como se prensassem a sua cara na entrada do Inferno e o obrigassem a escutar os gritos de lá.

— Existe mais algum sintoma que seja compartilhado?

— Normalmente sente-se um arrepio na parte de trás da cabeça.

— Um frio na espinha?

– Quase isso. Mas esse *queima*.
Samuel guardou o detalhe.
– E aqueles que não são de Véu-Vale?
– O que tem?
– Eles escutam?
Gualter parou para pensar. E hesitou.
– Não sei dizer ao certo.
– Escutou algo quando esteve por lá recentemente?
– Sim. – Relembrar trazia imagens de Seu Aílton. Roxo.
– Sua noiva estava com você?
Ele concordou.
– *Ela* escutou alguma coisa?
Outra pergunta capciosa. Lembrou-se daquela noite. Uma sexta-feira de chuva. A imagem de Seu Aílton em um caixão de madeira só não era pior que a de Tobias embriagado bradando a um Deus esquecido que devolvesse seu pai. E então ele se lembrou. Ele se lembrou da coisa gritando naquele instante.
– Ela, não.
O professor parecia esperar aquela resposta.
– Você conhece as ideias de Lewis Mumford?
– Pouca coisa – admitiu Gualter.
– Mumford acreditava que cada transformação do homem apoia-se numa nova base ideológica. E se cada transformação do homem é baseada em novas ideias, então essas transformações dependem da visão de mundo de cada um de nós.
– Professor, não acha que está desconsiderando que...
– Lembra-se do enigma? *Uma árvore caiu no meio da floresta. Ninguém viu. Ninguém escutou. A árvore caiu?*
Gualter Handam travou por um momento.
– Se ninguém está por perto para ouvir uma árvore, não significa que ela não irá cair de qualquer maneira um dia.

– Por esse ponto de vista sim. Mas e se utilizássemos outro ponto de vista?

– Por exemplo?

– Entramos em outros exemplos de pontos de vistas de uma mesma situação. Se você está dentro de um trem e alguém joga uma bola para o alto, você vê essa bola caindo em linha reta! Mas e se você estiver observando a descida da bola de fora desse trem?

– Você a vê cair como uma parábola...

– E qual é a realidade? A bola caiu em linha reta ou em forma de parábola?

– Ela caiu das duas formas. Depende da observação.

– Exatamente! – disse Samuel, satisfeito. – É isso o que estou vendo nesse caso de Véu-Vale: um caso para estudos. Você não passou a vida inteira sonhando escrever uma teoria sua? A resposta pode estar em sua própria origem!

– Mas, professor, estou surpreso de estar me dizendo isso!

– Mesmo? Se não consegue abrir a mente, Gualter, como irá evoluir? Garoto, eu já pensei como você. Mas eu gostaria de ver você manter esse pensamento se deitasse no seu divã, como deitou no meu, um sujeito perturbado que afirma ser um extraterrestre, capaz de curar doentes com as mãos através de concentrações magnéticas.

– Rivail já estudava magnetismo.

– E aonde isso o levou? A mudar o nome para Kardec e fundar o espiritismo.

Gualter suspirou. A resposta era boa.

– Há campos que ainda não foram descobertos. O campo eletromagnético, a matéria negra do universo, a gravidade, todos eram áreas desconhecidas antes de determinados estudos. Se de fato existem níveis conscientes e superiores, se podemos saber mais sobre eles através de realidades transcendentais, então o cérebro não se mostrará a fonte da consciência, mas uma chave. Estudar algo desse tipo não seria diminuir a realidade, mas ajudar a expandi-la.

– Você está mesmo sugerindo que se trata de uma alucinação coletiva? – questionou Gualter. – Há de se presenciar muita coisa para pisar nesses campos.

– E eu presenciei muito mais do que isso, garoto! Eu vi uma indiana curar pessoas com um abraço! Vi um monge hare krishna materializar objetos. Uma paciente foi capaz de descobrir eventos ocorridos com pessoas que ela nunca conhecera antes. Outro pintou o próprio acidente de trânsito três dias antes de ser atropelado. Eu vi até mesmo um analfabeto que nunca passou por uma faculdade realizar operações sem anestesia, dizendo-se incorporado pelo espírito de um cirurgião. E foram experiências como essas que me levaram ao estudo da teosofia. E sabe qual a explicação que um homem que entortava metais com o toque me deu para conseguir fazer as coisas de que era capaz?

– Tenho a suspeita de que você irá me dizer...

– 'Eu acredito que sou capaz.' De novo: eu *acredito* que sou capaz. Não está aí a base dos milagres da fé? – Uma pausa proposital. – Abra a cabeça, Gualter! Se a cada terceiro dia consecutivo de chuva você realmente acreditar em tudo que você aprendeu a acreditar desde pequeno, então não tenho dúvidas de que você *vai* sentir algo de diferente.

– Em outras palavras: um transtorno delirante induzido.

– E quem seria o caso primário de uma situação dessas, se em Véu-Vale é assim desde que você se entende por gente? E mesmo que assim o fosse, no momento em que você deixou o vilarejo, tais delírios deveriam ter desaparecido por não haver mais laços íntimos com a fonte.

– Faz sentido...

– E no entanto, esteja onde estiver, você sente o gosto de sangue. Porque quem nasceu em Véu-Vale escuta.

Ouvir aquela frase pronunciada por outro era estranho.

– E quem vai dizer que *não* é real? – continuou Samuel. – Se algo acontece dentro da sua mente, a mesma que recebe, codifica e interpreta estímulos externos, então esse algo não é real pra você?

– Entendo. – A cabeça de Handam girava rápido. Em um único gole, terminou seu gim-tônica. – Não que eu já concorde, mas entendo.

– Mas é claro! – Dr. Samuel se levantou em um impulso de professor. – Garoto, quem sou eu para lhe dizer que as lendas do seu vilarejo *não* são reais? Com que direito poderia lhe dizer isso, se são vocês que escutam os gritos? Se é você quem sente o gosto?

Um silêncio de minuto se fez entre ambos, enquanto cada um raciocinava quieto.

– E o que acredita que sejam os sonhos? – perguntou Gualter.

– Pesquisas mais recentes afirmam que a conceituação psicológica dos sonhos voltou a ser respeitada cientificamente. Você deve ter lido a respeito...

– Sim. E também participei de congressos que confirmam que a psicanálise de Freud ainda é a técnica mais satisfatória e coerente para tratamentos relacionados aos sonhos.

– E o interessante é que dentro desse conceito já estão aceitando novamente a associação entre linguagem afetiva e memória corporal. Agora, compare essas informações com seu caso, Handam. Você cresceu com uma memória corporal e uma linguagem afetiva bem próprias do local onde nasceu. Entretanto, você agora está vivendo e interagindo em uma sociedade completamente diferente daquela fonte. Mas o passado ainda está presente e você tenta bloquear esses impulsos.

– Quer dizer que isso tudo é um reflexo do que eu *não* quero sentir?

– De novo: o que acontece com um ser humano quando não existe ou não funciona bem a influência das forças que reprimem motivações inconscientes proporcionadas pelo id?

– Surtos, obsessões, fobias, sociopatias, vários tipos de consequências destrutivas ou manifestações involuntárias desses desejos. Tudo na mente humana passa a precisar se liberar em ações físicas.

– E qual a função da psicanálise nesse tratamento?

– Ela deve rastrear as origens desses sintomas neuróticos para reestruturar as associações mentais e ajudar a compreender a natureza do problema.

– Então, o seu caso é o mesmo. Você deve rastrear as origens, as *suas* origens, e reestruturar o que quer que esteja desordenado. – O professor parecia satisfeito. – Talvez o gosto que você sente na boca seja um reflexo físico de um ego que não está funcionando muito bem. Talvez uma experiência que toque em entradas sensoriais, em locais de memórias e associações obtidas através de realidades geradas pelo cérebro, ou pelo espírito, ou pelo que quer que exista no caminho entre essas conexões.

Mais uma pausa. Gualter ficou segurando o queixo, enquanto a mente divagava em infinitas conclusões.

Nenhuma satisfatória.

– Mas o que *você* acredita que sejam meus sonhos, professor?

– Você está feliz, Handam?

– Como?

– Felicidade. Você está feliz com sua vida?

Gualter travou.

Tinha de haver algo estranho quando duas pessoas que não se conhecem lhe perguntavam a mesma coisa.

– Particularmente, eu adoro a minha vida.

– Claro que adora. Mas você está em paz?

Não houve resposta.

– Estou querendo saber, rapaz, se dentro de você, do homem, se você está em paz ou se existe alguma sensação de incômodo que o persiga.

– Eu...

– Quero saber se entre *estar certo* ou *estar feliz*, o que você hoje escolheria?

Silêncio.

– Porque, sinceramente, acredito que Anabanéri é uma forma de o seu subconsciente dizer a você que existe alguma coisa, ou algumas coisas, em Véu-Vale que você não resolveu. E *sabe* que não resolveu.

Gualter queria dizer alguma coisa. Qualquer coisa.

– Gualter, seu espírito está quebrado em algumas partes. E provavelmente é isso que o deixa nesse estado transitório entre a segurança e a insegurança. E como seu antigo professor eu o aconselho a resolver todos os problemas pendentes, antes de tentar resolver os problemas dos outros.

O mestre pareceu satisfeito. O discípulo, não.

– E de onde viriam as experiências espirituais próprias locais?

– Essas descrições não são muito diferentes das experiências de quase morte, êxtase sexual ou as obtidas através da utilização de chás de cogumelos ou coisa do tipo.

– Mais aí é que está a grande questão: em Véu-Vale não se precisa de psicodélicos ou alcaloides...

– O problema está em você encarar os psicodélicos ou qualquer outro argumento do tipo como causa e não como artifício. Troque esse pensamento pela simples necessidade de um *gatilho*.

– Como se uma experiência física pudesse desencadear o processo?

– Você sabe qual é o princípio ativo da mistura da ayahuasca?

– Sim, o DMT.

– A ciência até hoje nunca entendeu por quê, nem qual sua função específica. Pelos estudos de Richard Straman haveria uma relação entre a glândula pineal e os estados místicos. Dessa maneira, em algumas ocasiões determinadas como tensão, meditação, jejum, canto gregoriano, trauma, fome ou qualquer outro estímulo do tipo, a pineal segregaria certa quantidade de hormônio DMT, o que facilitaria a entrada e a saída da alma do corpo.

– Então o corpo pineal segregaria DMT com a ajuda de um gatilho?

– Se observar dessa forma, você não precisaria de um alucinógeno como exigência para uma experiência do tipo. Bastaria por exemplo a vivência de uma memória já instintiva e programada em um temido terceiro dia de chuva.

Fazia sentido.

Depois de algum silêncio, a pergunta sincera:

– Agora... 'êxtase sexual', professor? – comentou Gualter em risos, relembrando.

O professor pareceu constrangido pela primeira vez.

– Bem, eu recebi um convite, sabe, pra conhecer um grupo de estudos liderados por um guru indiano. Uma coisa fechada, pra alta sociedade. Se um dia você quiser conhecer. É bom pelo... estudo da coisa.

– Ho-ho, não duvido! Deve ser um estudo prazeroso.

Os dois riram, com a intimidade de aluno e mestre.

– E agora eu vou partir, pois já está tarde, e você já conseguiu tudo o que poderia de mim. Além disso, está claro que agora é hora de você ir atrás de alguém também experiente, mas que compartilhe da mesma observação do mundo que você.

– Você acha *mesmo* que eu devo procurá-lo?

– O que *você* acha?

Gualter suspirou mais uma vez, rendido.

Se o espírito estava mesmo quebrado, era hora de coletar as partes.

CAPÍTULO VINTE E SETE

Marina entrou no apartamento feliz da vida. Gualter estava sentado no sofá, aguardando-a. Ele tinha algo nas mãos. Ela se aproximou e percebeu que era um desenho infantil. O corpo tinha cor laranja, e o rosto e as nuvens no céu, vermelha. A expressão de Gualter era de alguém distante, com um silêncio perturbador.

O tipo de cenário que indica más notícias.

– Precisamos conversar, Marina...

O tipo de cenário que indicava más notícias.

CAPÍTULO VINTE E OITO

Pedro "Pregador" caminhava com a escada retrátil enferrujada debaixo do braço.

As árvores ganhavam formas psicodélicas graças à luz trêmula das tochas. Ele escutou um farfalhar e parou para observar melhor. Andando com toda a suavidade, um ouriço exibia espinhos que mais lembravam espetos. Pedro voltou à estrada de terra. Divagou em pensamentos.

Foi quando viu a sombra que se mexia.

Grandiosa, imensa, dançante, o dobro do tamanho de um homem. Ele deixou a escada cair. Os dedos tremeram. Os olhos cresceram. A boca abriu. O vulto correu na direção dele, e ele não se mexeu. Os joelhos desistiram. A sombra avançava de quatro com patas que terminavam em garras, e se movia rápido como um cão em caça. Mas não era um cão. Era um gato. Preto como aquela noite, mas muito menos assustador que a sombra projetada, produzida por velas dispostas no chão, já pela metade e responsáveis por iluminar uma oferenda a algum semideus.

Pedro respirou aliviado, mas ainda assim se encolheu quando o gato passou ao seu lado.

E então sentiu uma mão fria no ombro. Uma queimação na nuca.

E ouviu uma voz cansada.

– Rapaz, parece que tu viu o capeta...

Pedro se virou, ainda atordoado. Do outro lado estava um sujeito com um jeito soturno e um chapéu caipira. Vestia uma roupa em frangalhos e parecia ter uma ferida no braço.

– É, foi só um susto.

– E tu por acaso viu meu gato passar por aqui? Ele é preto feito carvão.

– Claro! Ele foi por ali. – O indicador apontou para o breu, como se fosse suficiente. – Ele me assustou, igual a você.

– Ah, bicho arisco! Mas pode deixar que eu pego ele. E pego rápido. Até breve, incendiário!

O homem partiu e Pedro voltou a caminhar. Abaixou para pegar a escada enferrujada. Percebeu que nunca havia visto aquele homem, o que era estranho, já que todo mundo conhece todo mundo em Véu-Vale.

Até breve, incendiário.

Ele virou-se uma última vez a fim de perguntar ao homem quem ele era. A escada enferrujada caiu novamente.

Ao fundo havia o silêncio. Mas não havia mais ouriço. Não havia gato. Não havia homem. Não havia nada nem ninguém. No eco da memória recente, sobrava apenas uma voz cansada.

Até breve, incendiário.
Até breve.

Até breve.

CAPÍTULO VINTE E NOVE

– Acho que você tinha razão.

– Sobre o quê?

– Ando disperso ultimamente. Existe algo que me incomoda e está ficando cada vez mais sério.

– Bom, Gualter, e o que você pretende fazer a respeito?

– Eu não tenho mais conseguido trabalhar, Marina. Minha cabeça não mantém o foco e isso está me destruindo. Descobri recentemente que não estou em paz.

– Com a gente?

– Comigo.

– E pra que essas malas?

– Eu *acho* que vou até lá.

– Até onde?

– Véu-Vale. Eu tenho sonhado com aquele lugar. E você sabe, melhor do que eu, que a maioria das vezes é pesadelo.

– O que vai buscar em Véu-Vale?

– Respostas. Nenhum psicólogo pode me ajudar nesse momento a resolver os meus problemas. Aquela terra é meu próprio divã.

– E por quê?

– Porque preciso da ajuda de pessoas que observem o mundo da mesma forma que eu.

— Aconteceu algo realmente grave lá que você nunca me contou, não é verdade? Por que você foi embora, Gualter? Aos dezoito anos... por que você *realmente* foi embora de lá?

— Meu irmão... César...

— O que tem seu irmão?

— A morte do meu irmão...

— O que tem a morte dele?

— A morte do meu irmão foi *minha culpa*.

— Como ele morreu, afinal?

— Ele tentou *vencê-la*.

— Vencer quem?

— Karkumba. Ele sabia que nossa família se separaria. Era por isso que queria chegar ao Altar. Queria pedir por todos nós. Queria pedir para *ela* não permitir que o nosso pai ficasse no mundo dos mortos.

— E se foi escolha dele por que foi *sua* culpa?

— Porque quem deveria tê-la enfrentado era eu.

— E por que *você*?

— Porque, em Véu-Vale, a gente cresce aprendendo que é o mais velho quem toma conta da família. Se eu estivesse lá, talvez tivesse impedido meu irmão. Mas eu não estava lá. Eu *nunca* estou lá.

— Gualter, eu juro que tento, mas não entendo! Você agora fala levando a sério tudo isso! Não foi você quem quis me convencer do contrário? De que aquilo é só uma gruta?

— Talvez pra você, Marina, que cresceu aqui! Você sabe o que consta no laudo do meu irmão? Overdose de alucinógenos. Só que ele não era um viciado em droga nenhuma, ele nunca foi! Sabe por que ele usou além da conta no dia em que morreu? Porque *ele acreditou* que era o gatilho necessário. Você se lembra quando um bispo evangélico chutou a imagem de uma santa em rede nacional? Ele defendia que aquilo era *só* uma estátua. Mas para milhões de pessoas aquilo não era *somente* isso, porque a pessoa cresceu acreditando que aquilo não era apenas uma imagem.

– Desculpe...

– Não precisa se desculpar! Quem está nervoso e perdendo o controle sou eu!

– Quanto tempo pretende ficar por lá?

– Uma semana. Um mês. Um ano. Uma vida! O que sei é que preciso das minhas respostas, pois de nada me adianta viver sem saber quem sou.

– Você não sabe quem é?

– Não, não sei! Olhe pra esse lugar onde eu vivo! Olhe pra essas roupas! A minha família mora em uma casa de pau a pique, localizada num vilarejo sem eletricidade nem água encanada!

– Mas você já tentou ajudá-los a mudar de vida. Foram eles quem...

– *Tentei?* Tentei como? Enviando dinheiro pelo correio? Até o ex--presidiário homicida, dono de botequim, esteve com a minha mãe em momentos mais importantes! Minha mãe... meu Deus... a minha mãe...

– Mas Gualter...

– E *quem* sou eu pra querer também mudar a forma de vida deles? Eu cresci feliz naquele lugar; poderia ter vivido feliz por lá o resto da minha vida. Talvez eles estejam certos. Talvez seja eu o *fugidio*. Por mais que eu queira negar, sempre que minha família precisou realmente de mim, eu fugi.

– Gualter, como pode dizer uma coisa dessas? Você se tornou o profissional que...

– Me tornei um idiota! Uau, parem tudo! Eu, Gualter Handam, tenho duas entrevistas gravadas em *talk-shows*! E quantas pessoas não têm também? E quantas se lembram da minha entrevista? Eu cheguei a acreditar que o meu tesouro mais valioso era a porcaria de um carro que estará obsoleto em cinco anos! E tudo isso enquanto a minha mãe estava sofrendo um infarto ao lado das pessoas que cresceram comigo! Você sabia que eu atendi o Allejo?

– Você atendeu o *Allejo*? O jogador? Por que não me contou isso?

– Por vergonha. Porque eu falhei, Marina! Eu falhei com ele feito um estagiário de segundo período! Eu nem me reconheço mais trabalhando! Ando todo nervosinho, descontando nos pacientes meus próprios problemas! E o garoto... caramba! Foi a primeira vez que eu falhei com um paciente que realmente precisava de mim! Você sabe como isso acabou comigo?

– Gualter...

– Eu sou racional? Eu sou um exemplo de segurança? Então por que estou aqui ABSOLUTAMENTE SEM CONTROLE? E se eu sou tão inteligente, e tão racional, e tão isso e tão aquilo, por que meu coração se aperta feito o de uma criança quando escuto um trovão? Ou quando eu escuto os gritos? Ou quando eu me lembro dela...

– Tudo bem, Gualter. Eu... bom... se você acha que é a única forma... eu tenho de entender, né? Faz parte do pacote de quem ama. Você quer que eu cuide do seu apartamento enquanto você estiver fora?

– Quero... claro que quero! No final, o apartamento também é seu.

– E quanto à gente?

– O que tem a gente?

– Eu também sou da parte que você ainda não sabe o que é?

– Você é a única certeza que eu tenho do que eu ainda sou.

– Bom, Gualter, acho que você já tomou sua decisão, né? O que eu posso dizer é que... ainda que você não tenha previsão de volta... bom, quando você voltar, eu pretendo estar aqui.

– Você realmente acredita em nós, não é?

– Acredito que nós estamos ligados pelo resto da vida.

– E *se* eu voltar, Marina, afirmo com firmeza: eu vou voltar em paz e para fazer de você a mulher mais feliz do planeta.
– Você promete?
– Eu juro.
– E como eu posso ter certeza disso?
– Você vai escutar meu grito.

II
O TIMBRE DA CHUVA

*Lágrimas e chuva molham o vidro da janela,
mas ninguém me vê...*
LEONI

CAPÍTULO TRINTA

O PISAR NO GRAVETO estalava seco e o farfalhar das folhas se unia ao aroma de natureza condizente com o misticismo do lugar. O homem que caminhava era santo; o lugar, religioso. A terra era fofa; o ar, puro. Naquele campo muitos haviam lutado e muitos morrido. Se sangue gerasse frutos, haveria ali um campo vermelho; na realidade, o que existia eram lápides e gravetos formando desenhos que adornavam túmulos. Havia gente justa e gente covarde que, no entanto, tinha morrido da mesma forma.

O homem imenso naquele dia decidira *vê-la*. Sentia uma *necessidade*, inexplicável, de visitá-la. Ali, parado e de pé, ele podia desvendar outros sentimentos que lhe remoíam o velho estômago. Sentimentos, ideias, emoções e pensamentos podem permanecer tanto tempo em um local a ponto de se tornarem parte desse lugar. Esse tipo de acontecimento culmina em fortes concentrações energéticas, que estudiosos costumam chamar de *egrégoras*. Homens mais sábios costumam ser capazes de canalizar esse tipo de concentração energética, e dali retirar matéria-prima para seus próprios rituais.

Foi por isso, e unicamente por isso, que o índio primeiro tocou dois dedos no solo. Depois, a própria testa. Resmungou palavras em um idioma perdido. E agitou aos poucos o chocalho de madeira e arroz, com o intuito de acordar os mortos.

Aquele homem sabia o que um local como aquele significava em um planeta de expiação como a Terra. Mantinha os olhos fechados. Agitava o chocalho cada vez mais rápido, entoando cantigas antigas. Sentia o pulsar da energia que invocava. E tinha um álibi forte para o raciocínio.

Pois ele escutava os mortos se erguerem.

Escutava a terra sendo remexida.

Escutava os túmulos sendo abertos.

Escutava os mortos gritarem.

E, então, o silêncio. O índio se levantou. Observou os arredores, sua visão alcançando muito mais longe que a de qualquer mortal. Foi assim que ele sentiu que não estava só. E viu que não estava só.

Ele viu que o observavam.

Dezenas. Centenas deles. Cada qual com um olhar semimorto de quem mais parece necessitar de ajuda do que ser capaz de fazer mal a alguém. Nas mãos levavam armas brancas; no rosto pintado, cicatrizes; na pele, ferimentos.

Era dessa forma que *eles* se erguiam. E gritavam. E observavam.

E o observavam.

Todas aquelas vozes ecoando ao mesmo tempo eram de difícil distinção. O português arcaico de uma Portugal em época de expansão marítima aliado a um tupi-guarani esquecido no tempo formavam um vozerio indecifrável. Mas, ainda assim, em meio aos gritos e brados dos atormentados, e cercado de homens que não eram mais homens, o xamã absorvia a benção e a maldição de todo ser profético. Pois o Antigo viu. E entendeu o que o futuro reservava a Véu-Vale.

Se havia gostado ou não do que vira era supérfluo.

Os espíritos já estavam ali.

Faltava a eles apenas um coletor.

CAPÍTULO TRINTA E UM

Véu-Vale ficava a centenas de quilômetros de distância da metrópole, o suficiente para um homem se perder no caminho. Até mesmo de si próprio.

Era diferente em outras épocas, quando não havia carro nem dinheiro, apenas uma bicicleta feita com muito cuidado pelo pai...

morto.

... dedicado.

Pensava nisso quando passou por uma parada de ônibus rodoviária, a uns dez quilômetros de Véu-Vale. Era um local por onde ônibus interestaduais caindo aos pedaços e sujos de poeira devido à estrada sem asfalto recolhiam passageiros das redondezas.

Caso houvesse passageiros.

O local ficava na divisa de duas, quase três, cidadelas ou vilarejos interioranos. Gualter estacionou o carro na parada rodoviária. Já não estava longe do vilarejo ali. Conhecia bem aquela parada. Ali conseguira comprar as passagens para a capital. Tratava-se, pois, de um estabelecimento que funcionava como residência para uma família – ou vice-versa –, e também como ponto de venda.

Na janela com uma grade eram vendidos bilhetes para aqueles que tocassem a campainha e pagassem em dinheiro.

Já o outro estabelecimento funcionava na garagem do local. Ao lado da venda de jacas e imensos cachos de banana, a garagem funcionava como borracharia, embora sem um mecânico apto. Não se tratava do local mais confiável do mundo para se consertar um carro. Entretanto, quando se está sozinho, com um pneu furado e sem macaco, sem gasolina ou com uma bateria arriada, não se tem muita opção no meio de uma estrada onde poucos veículos transitam. Logo, o estabelecimento funcionava como um "conserte-você-mesmo". Havia pneus usados, ferramentas à disposição e mesmo galões de gasolina que de vez em quando estavam cheios. Gualter, contudo, não havia parado ali para isso.

Parara ali porque aquele lugar era a primeira etapa de sua jornada.

Herbster, o Antigo, dizia que o mapa da vida de um homem estava em suas memórias. Se um homem tinha lembranças, por meio delas ele poderia mapear quem era. Era com base nisso que Gualter Handam sabia que ali era o início de seu próprio mapa.

Ali estava a primeira lembrança.

Desceu do carro. Andou na direção da garagem aberta e Seu Chico, o proprietário, sentado desconfortavelmente em uma cadeira ao lado de um rádio de pilha, mudou de posição. No alto, uma placa em caligrafia gasta dizia: *Parada do Seu Chico*.

O nome era ótimo.

– Dia, senhor – disse Seu Chico, com a humildade que a vida dá aos interioranos. Era um senhor de barba branca por fazer, camisa de botão aberta no peito, calção e pés descalços. Era baixo, falava com um erre meio arrastado e sorria com fragilidade, mostrando dentes que lembravam as barras de cores de uma televisão em preto e branco.

– Bom dia. Neste lugar o senhor tem um depósito para viajantes, não é mesmo?

– Ah, sim, senhor. – Ele manteve o sorriso de duas cores. Era difícil se concentrar em outra coisa. – A gente aqui costuma cobrar por hora, né verdade? Mas às vezes a pessoa num pode e dá uma pena danada que nem cobro, sabe como é?

– Sim, eu sei. Eu estou indo pra Véu-Vale, o senhor deve saber onde fica...

– Oh, sim, claro que eu sei! Conheço algumas pessoas de Véu-Vale, filho. Estou aqui faz tanto tempo, que acho que a minha bananeira vai padecer primeiro que eu! – O senhor ria como se o mundo fosse simples. E bom.

Seu Chico fez sinal para Gualter se sentar em uma rede presa ao lado da cadeira onde ele estava.

– Sabe, aqui nesta estrada eu vejo tanta gente perdida indo pra tanto lugar errado que eu dou graças a Deus por pelo menos saber pra onde eu devo ir... – O homem riu alto. Gualter também. – Mas, rapaz, me desculpa esse jeitão falador que eu tenho, mas é que aqui a gente tem tão pouca oportunidade de prosa, num sabe? Eu nem te deixei falar. Tu quer alugar alguma ferramenta, filho?

– Na verdade, não. O carro está ótimo.

– Então tá indo ver algum conhecido em Véu-Vale?

– Muitos, na verdade. – Os olhos se fixaram nos do senhor. – O senhor não poderia mesmo se lembrar de mim, mas eu cresci lá.

– Verdade? – O senhor apertou os olhos, como fazem os míopes. – Como é o nome do teu pai, rapaz?

– Jerônimo Handam. Eu sou Gualter, o mais velho.

Gualter temeu que na expressão facial daquele homem ele pudesse ler a decepção. Não leu. Seu Chico simplesmente colou um lábio no outro, sorriu sem mostrar os dentes, apertando os olhos até fechá-los por completo. Balançou a cabeça. Observou-o trazendo uma lembrança no olhar.

Aquela reação fez bem aos dois corações.

– Teu pai era um grande homem, não era, menino?

– Um dos melhores, Seu Chico.

– Eu me lembro de ti. Tu cresceu, garoto. Tu é o que foi embora.

Aquilo doeu feito o corte de uma lâmina.

– Sabe, diacho, eu me lembro de quando tu partiu. Moleque corajoso, mas tremia feito um varapau. – Chico sorriu, Gualter, também. O riso de Chico era sincero. O de Gualter, nem tanto.

– Comprei minha passagem com a sua mulher...

– Foi sim. E tu bem lembra o que deixou na minha garagem?

Gualter apertou os olhos. Porque aquilo era inesperado.

– Claro que me lembro.

– E tu lembra onde deixou?

– Naquele canto, perto do tanque – disse ele, apontando além da quina da parede.

– Exato, filho. De tempos em tempos, eu costumo colocar óleo e limpar as correias. Deixo ela brilhando e boto meus garotos pra passear um pouco pra ela não enferrujar.

Gualter Handam estremeceu.

– Chico... – a voz vacilou – ... está querendo me dizer que...

– Pela tua cara, tu não lembra o que pediu pra mim antes de partir, né, garoto?

Se Gualter tivesse permitido, os olhos teriam se enchido de lágrimas. Não permitiu, mas a sensação que o tomava já era um avanço para um homem em busca de si próprio.

– Mas...

– Eu me lembro bem que tu colocou ali, veio até mim e disse...

– ... faz mais de dez anos...

– "Guarda pra mim, Seu Chico. Guarda, que eu prometo que um dia eu venho buscar."

Gualter mordeu os lábios. Virou a cabeça na direção do horizonte, buscando uma memória. E então a lembrança se embaçou e, quando Gualter se deu conta, as lágrimas escorriam. Pois logo que Seu Chico lhe mostrou, ele se lembrou. Hoje em dia poderia comprar dezenas como aquela bicicleta.

Mas nunca aquela.

Porque nenhuma outra daquela teria participado de sua infância. Nem sido seu primeiro presente. Nem se tornado a primeira memória.

– Vem ver ela, garoto!

Gualter levantou-se, deslumbrado. O corpo estava pesado.

O espírito, não.

Caminhou como nos contos do Antigo. Como na época em que a família estava unida. Virou na esquina do muro e a viu. Ela estava ali, recostada na parede, perto do tanque de lavar roupas, rodeada de baldes de plástico.

Era uma mísera bicicleta ultrapassada de duas rodas.

Não tá vendo o coração?

E o significado que trazia era tamanho que o coração parecia banhado.

Estava desgastada. Um pouco enferrujada, mas ainda assim em estado conservado. Valiosa. Para ele, valiosa. Aquele veículo simples trazia viva a memória do pai. O aro, a corrente, o guidão. O tamanho imenso para ele na época.

Não, não era um simples velocípede.

Era uma relíquia.

Um amuleto.

Uma lembrança.

– Guarde o carro, Seu Chico. Cobre pelo dia. – Foi quando Gualter Handam entregou as chaves ao senhor surpreso. – Eu quero voltar a Véu-Vale como me lembro de ter saído.

Ao fundo, os céus cada vez mais nublados já pareciam saber da notícia.

CAPÍTULO TRINTA E DOIS

Francisco Matagal comprara o terceiro copo de pinga e seus olhos já estavam avermelhados. Falava alto, ignorando o bom senso, como é bem comum às pessoas embriagadas. Ninguém naquele botequim, porém, manifestaria qualquer reprovação.

Primeiro porque as pessoas o respeitavam.

Segundo porque o temiam.

A relação de um morador de Véu-Vale com aquele fazendeiro era um pouco parecida com a de um aluno de artes marciais e seu próprio mestre: ele não teme o mestre porque sabe que não há motivos para iniciar uma luta de verdade, mas, caso houvesse, em algum local de seu subconsciente, ele sabe que o mestre lhe quebraria todos os dentes.

Ao lado de Matagal, dois de seus homens. Camisa para fora da calça surrada. Volume na altura da cintura, indicando mais do que uma barriga fora de forma. Matagal era o tipo de homem que não estava acostumado a perder, e a vida por diversas vezes o fez engolir as fraquezas à força.

Na perna carregava deficiência. Na cama, indiferença. No espírito, privação.

O momento que se seguiria não lhe ajudaria.

Quando ela chegou no recinto, o mundo correu diferente. Era Anastácia...

a mãe dos homens.

As pessoas a respeitavam. Porque a amavam.

E não a temiam.

Em sua presença, Véu-Vale era mais viva. As crianças brincavam, as mulheres sonhavam, os homens sorriam. Menos ele. Logo ele, o marido de Mayara, a filha. O homem que a proibia de ver a própria família há nove anos. E só uma mãe em uma situação assim pode contar o que significa estar nove anos longe de uma filha e não enlouquecer. Imagine então a dor da mãe dos homens, longe de três filhos legítimos. E longe do pai desses três filhos. E imagine, pois, se toda a culpa dessa situação pudesse ser encarcerada na figura de um único homem. O resultado dessa equação era o que aquela mulher sentia cada vez que cruzava com esse homem.

Como naquele momento.

Anastácia Handam recolheu uma encomenda no balcão de Hugo, entregue por um caminhoneiro, em um silêncio sepulcral. Em Véu-Vale, todos se calavam cada vez que a vida proporcionava um encontro entre aquelas duas famílias.

Afinal, aquela mulher possuía uma marca de nascença em forma de cruz no pescoço. A marca que uma mulher teria se nascesse abençoada.

Ou se concedesse bênçãos.

– Hugo, arruma logo minhas coisas que hoje não é dia de prosa! – ordenou Anastácia no balcão.

Sentado em um banco, ele a olhou de lado.

– Tá vendo, desgraçado? – *Desgraçado* era o termo que Matagal usava para se referir a qualquer um de seus empregados com função de capanga. – Tu salva um país e ninguém lembra. Tu salva uma pessoa e ela ignora.

Os homens continuavam a beber. O próprio silêncio parecia constrangido com a situação.

– Aí eu pergunto... – continuou o bêbado. – Vale a pena, desgraçado?

– Pessoas melhores que tu devem pensar a mesma coisa – disse Anastácia. – Pessoas que trabalham feito gente, mas são tratadas por tu feito bicho.

Matagal se virou erguendo o nariz.

– E tu é a primeira a destratar quem te ajuda, não é, mãe dos homens?

– Se sou mãe de homens, então tu tá longe de ser família.

– Eu salvei tua vida, Anastácia!

– Não. Tu destruiu ela, miserável.

Hugo colocou os embrulhos no balcão. A mulher ergueu-os, virou as costas e saiu sem maiores cerimônias, e foi aquilo – aquele desprezo apático e constante – que enfureceu o bêbado desrespeitado.

– Não me dê as costas enquanto eu estiver falando contigo, mulher!

– Cresce primeiro antes de chamar uma senhora desse jeito.

Os homens não bebiam mais nada. Eles viam os olhos de Matagal, e aquele era o maior espetáculo da Terra. Pois nenhum deles seria capaz de dizer palavras tão duras para aquele homem. Mas todos desejariam poder. Além disso, eles viam os olhos vermelhos. O que Matagal expressava não era fúria. Não apenas. Era ódio. Ódio de quem bebe e deixa a alma transparecer o que sente no íntimo e que tanto esconde quando sóbrio. Matagal avançou para a saída daquele boteco, pisou as botas no chão de lama e apertou a mão tremida na cintura.

Os corações dos homens de Véu-Vale também se apertaram.

– Eu disse pra tu voltar aqui, Anastácia!

O nome foi dito com estrondo. Anastácia Handam se virou como todo ser humano que desafia a morte de frente e peito aberto. Que desafia o destino prometido. Que desafia o desafiador. Francisco Matagal mantinha as mãos na cintura e os dentes rangiam em fricção. Ele sentia as mandíbulas se apertarem com a dor incômoda que vinha do peito. Sentia o estômago queimar como úlcera.

– Ou então o quê, moleque? – desafiou a senhora, para desespero dos homens de bem.

– Ou então eu juro que... ah, mas eu juro que...

– Tu é homem pra ameaçar menina que nem Mayara, mas tá pra nascer em ti coragem pra enfrentar mulher feita.

– Não me desafia, mulher dos infernos...

– Ou então tu vai me matar na frente dos meus filhos como fez com o pai deles, desonrado?

O tom de voz cada vez mais alto dilacerava nervos. De um instante a outro, o simples boteco de um vilarejo mais parecia uma bomba-relógio, e as pessoas temiam o momento em que ela explodisse. Ninguém tinha dúvidas de que Francisco Matagal poderia cumprir a ameaça. Todos os ingredientes estavam reunidos. Havia a embriaguez, a oportunidade, o motivo, o ódio e o desafio. Um soldado é treinado para matar um inimigo por muito menos.

Francisco Matagal tirou de dentro da cintura o revólver trinta e oito e os homens arregalaram os olhos. A mulher, não. Cadeiras foram arrastadas, garrafas e copos caíram e se partiram. Para o armado, aquela mulher era uma via-crúcis. Detestava-a mais que tudo. Mais do que a todos. E queria realmente acreditar nisso a ponto de puxar aquele gatilho. Se assim o fizesse, o silêncio sepulcral teria sido seu maior cúmplice.

Mas o silêncio foi quebrado por um som uniforme.

A terra gemeu de desgosto quando a borracha foi espremida contra a lama. O coração dos homens de Véu-Vale não sabia mais se batia ou se parava. Pois muitas coisas estavam acontecendo naquele momento, e isso tornava aquele dia muito diferente dos outros em

Véu-Vale. Ao longe, tal qual a figura de um herói romântico, ele chegou de forma tão surpreendente quanto havia saído. Vinha no banco de uma bicicleta velha e desproporcional como o tempo; sua presença em Véu-Vale parecia distante como uma miragem no deserto. Ao longe, era isso que ele parecia. Uma miragem. Uma quimera, trazendo nas costas uma mochila e no rosto a satisfação de quem parecia feliz em retornar a casa.

Ao menos dessa vez.

Ele parou o veículo na frente de Anastácia, em meio à linha de fogo, e observou o desafiador. Jogou o peso para a perna direita, equilibrando a velha bicicleta. Os homens que ali estavam e já não acreditavam no que viam, pareciam acreditar ainda menos no que passavam a ver naquele momento. Até poderiam esperar o outro filho.

Mas não aquele.

Não o fugidio.

Francisco Matagal tremeu por um momento, não porque aquele moleque lhe metesse medo. Pelo menos, não enquanto fosse um moleque. Mas ali, parado diante dele no meio daquele embate, Matagal cruzou o próprio olhar de ódio com o dele. E aquilo foi uma lembrança. Francisco Matagal reconhecia aquele olhar, e isso era o pior sentimento do mundo. Porque afinal ele não via o moleque, mas o homem.

Ele não via o filho, mas o pai.

Era um olhar fulminante, desestabilizador e direto, do tipo que acredita que viver ou morrer por uma família representava o sentido da vida de um homem. Do tipo que trazia naquele dia memorável uma clara reminiscência...

nunca se meta com minha família.

Francisco Matagal jamais esqueceu aquele olhar.
Jamais.

O silêncio antes da decisão esmagou corações. O .38 foi abaixado. E o mundo voltou a respirar. Dessa vez.

No dia seguinte, Francisco Matagal teria esquecido algumas coisas da véspera.
Mas, a lembrança daquele olhar, jamais.

CAPÍTULO TRINTA E TRÊS

Seu Gusmão morou a vida inteira em Véu-Vale. Na última década de vida, tinha ao lado um babão e velho cachorro de guerra, com quem compartilhou grandes momentos. Pacato. Era esse o nome escolhido, condizente com o afeto que oferecia a qualquer um disposto a lhe dar comida.

Era por isso que Gusmão não conseguia entender por que naquele dia Pacato estava latindo feito um cão sem dono, com a raiva de quem vê seu território invadido. Iniciou sua fúria assim que Gusmão passou por ele. Latia desesperado e enfurecido como se um estranho tivesse entrado na casa logo atrás do dono. Como se Gusmão não tivesse entrado sozinho.

Como se Seu Gusmão estivesse a todo o momento acompanhado.

O pequeno Daniel crescera ouvindo dos pais que não devia dizer palavras grosseiras na presença dos mais velhos. Por mais que a vontade fosse grande, ele jamais deveria dizer principalmente o nome *diacho*, como tantas vezes repetia. Diziam a ele que essa entidade maléfica estava distante do nosso planeta e, a cada vez que se dizia seu nome, ela caminhava um passo em direção à Terra.

O pequeno Daniel nunca acreditou no aviso dos pais. Mas naquela noite ele estava sozinho em casa, abraçado a um velho urso desgastado. O velho radinho estava sem pilhas. E, a cada vez que sombras fantasmagóricas dançavam em formas grotescas ao redor da parede, ele acreditava que dissera *diacho* vezes demais.

Carolina Handam resolveu fazer mais um de seus desenhos. Ela ainda tinha a opção de escolher entre o giz vermelho e o giz laranja. E não sabia bem o porquê, mas dessa vez sentiu um impulso incontrolável de desenhar apenas com o vermelho.

Até aquele instante, não fazia ideia do que eram os seres esquisitos que havia desenhado.

Nos fundos da casa de Dona Hermínia, uma cadela albina pariu dois filhotes gêmeos, de pais diferentes.

Os dois nasceram mortos.

Na capela rústica de Nossa Senhora, padre Paulo mais uma vez limpou o cálice e observou seu reflexo distorcido na prata. Acabara de rezar mais uma vez pela alma de Tobias e pedira que reservassem a ele uma boa entrada no mundo dos mortos e um bom reencontro com o pai.

Abriu os olhos e observou os anjos de gesso ao lado do altar onde rezava as missas. Aqueles anjos de boca aberta, sobre os quais sempre que questionado justificava estarem cantando para o senhor Jesus Cristo. Mas ali, sozinho, e diante de seu reflexo distorcido na prata do cálice que transforma vinho em sangue, ele podia admitir em qualquer confessionário que na realidade sempre acreditou que aqueles anjos de gesso pareciam estar gritando eternamente.

Naquele momento, inclusive, ele jurava que podia ouvir os gritos. E que soavam como ecos infantis.

Matheus era um adolescente como qualquer outro de Véu-Vale. Nunca lera um livro de história na vida, mas ouvira uma antiga professora, já falecida, falar sobre Joana D'Arc, uma guerreira de algum país importante que fez alguma coisa ainda mais importante.

Até então ele não sabia o que ela tinha feito, mas sabia que ela já havia morrido. Seus amigos, porém, afirmavam que ele não era homem de aceitar o desafio e descobrir como a tal mulher havia morrido. Diziam que era preciso esperar a madrugada, lá pelas três horas da manhã, chegar sozinho diante de um espelho com uma única vela em mãos e perguntar cinco vezes consecutivas: "quem matou Joana D'Arc?". E esperar a resposta no reflexo.

Matheus apostou que tudo não passava de uma grande asneira criada para assustar crianças. Por isso, naquela noite, ele resolveu provar que era homem e fazer o teste.

Ele perdeu a aposta.

Pedro Mathias, o mais fiel dos acendedores, mantinha-se em dúvida. Na mente, uma frase lhe corroía como um verme se alimentando de sistema nervoso e deixando uma mensagem no caminho. A mensagem vinha na forma de uma voz mórbida e memorável, que reproduzia um sinistro eco, repetindo incessantemente: "até breve, incendiário".

Era difícil dizer na frase qual era o trecho mais curioso.
Até breve. Incendiário.
Ou mais assustador.
Até breve.

CAPÍTULO TRINTA E QUATRO

A TERRA AMANHECEU com cheiro de orvalho. Definitivamente, isso tinha de ser proposital.

Era realmente difícil imaginar a terra com um cheiro tão impróprio, já que nem ao menos havia chuviscado no dia anterior. Gualter agora estava de volta. Vivo. Forte. Revivido. E dessa vez não havia voltado por nenhuma infelicidade do destino. Mas por vontade própria.

Essa era a parte mais curiosa.

Por vontade própria.

O irmão Carlos estava observando desenhos da pequena Carolina quando eles entraram. Seus olhos se arregalaram em espanto. Carlos Handam olhou para Gualter e o mundo ficou menor. Não sabia se detestava aquele irmão ou se o amava mais do que os outros. Até desconfiava da resposta.

Mas não sabia.

Em Véu-Vale, as pessoas desejavam ser apenas como seus pais. Carlos Handam desejava ser como o irmão. Ao menos, se não hoje, um dia.

Carolina parou de desenhar e avançou na direção do irmão que pouco vira e mais parecia um estranho do que um parente distante. Pegou a mão direita de Gualter e fez menção de beijá-la. Mais uma vez aquela situação pareceu tão esdrúxula a ele, que Gualter ainda não sabia como reagir.

– A bênção, irmão.

Houve um silêncio.

Demorado.

Confuso.

Constrangedor.

– Abençoe tua irmã, Gualter – conduziu a mãe.

– Deus te abençoe, querida – disse ele enfim.

Carolina fez o mesmo com a mãe e se afastou desinteressada, voltando a rabiscar coisas sem sentido em mais folhas em branco. Já Gualter se aproximou do irmão.

– Estou de volta, Carlos.

– E que desgraça te trouxe dessa vez? – comentou ele, frio como o vácuo sideral.

– As minhas próprias. Voltei dessa vez por opção.

Gualter ergueu a mochila e caminhou na direção do quarto que *sempre* estava vazio. A mãe apenas observou. Ainda estava quieta quando Gualter parou na entrada e se virou para o irmão.

– Você ainda acorda às cinco da manhã pra trabalhar na terra, Carlos?

– Todos os dias.

– Então amanhã você não vai sozinho.

– E desde quando tu virou piadista?

– Amanhã vou contigo trabalhar na terra com os outros.

– E por quê? – perguntou Carlos com estranheza.

– E por que não?

Não adiantava.

Ele não conseguia deixar o divã para trás.

Acordou naquele dia às quatro e meia da manhã.

Não havia despertadores em Véu-Vale. Acordava-se com o berro de aves se esgoelando. Saiu de casa ao lado do irmão e seguiu caminho. Em silêncio. Observou os arredores. Inspirou o aroma de interior. Escutou o barulho de insetos e o agitar de folhas de árvores. Escutou o andar da sola dos pés nas pedras espalhadas entre a poeira do solo.

Ao que lhe parecia, Carlos ainda não entendera o que estava acontecendo, mas também não estava disposto a insistir. Aos outros homens, sim, Gualter teve de se desmembrar em justificativas por ter voltado a Véu-Vale. Tal qual a de determinados animais, os moradores de Véu-Vale acreditavam que sua presença indicava *desgraça*. Gualter saiu a primeira vez quando o pai fora morto, voltou para ver o enterro do irmão, depois saiu para não ver o casamento forçado da irmã, e por fim voltara para ver o quase enterro da mãe.

Se retornava uma terceira vez, era de se esperar que as pessoas supusessem que coisas ruins estavam para acontecer.

– O que você quer que eu diga a Pelegrini? – perguntou Carlos, referindo-se ao fazendeiro para quem aravam a terra. – Quer *mesmo* trabalhar como os outros?

– Diga que quero trabalhar temporariamente. Peça que só me pague os dias que eu vier. Não sei quanto tempo ficarei, mas eu preciso me sentir trabalhando aqui novamente, entende?

– Não. Não entendo. Mas tu nunca perguntou muito a minha opinião.

Gualter fez uma careta. Pararam na porta da fazenda. Nas mãos, carregavam ferramentas. No corpo, roupas leves. Jeremias, homem feito e gordo, pai de quatro filhos, virou-se para Gualter enquanto Carlos ia em direção à casa do fazendeiro:

– Ainda sabe usar coisas assim?

– Com certeza, Seu Jeremias. – Gualter lembrou-se da mesma pergunta, feita outrora pelo amigo acendedor. – No fundo, é como andar de bicicleta... – Os dois homens sorriram.

No fundo, eles sabiam que não era.

Naquele dia, Gualter Handam arou a terra com os outros homens de Véu-Vale. Ganhou bolhas no trabalho manual. Os homens riam do desajeitado que parecia criança, mas ainda assim uma criança de Véu-Vale, e o ajudavam a se readaptar. Quando o sol estava para se pôr, os homens largaram as ferramentas e voltaram para casa. Gualter caminhou com eles e parou no meio do caminho, onde os homens se detinham debaixo de tendas para aquecer café em fogueiras e conversar enquanto bebiam o líquido forte.

Naquele dia tudo girava em torno das curiosidades daqueles interioranos sobre os últimos sonhos dos moradores.

Sonhos ruins.

– Minhas noites de sono têm sido esquisitas também ultimamente...

– Tu também tem sentido, Jeremias? – perguntou Seu Geraldo.

– Sim. Tenho dormido e acordado no meio da noite, de repente. Não me lembro direito dos meus sonhos, sabe? Mas tenho certeza de que não são dos melhores.

– Eu me lembro dos meus – disse Carlos. – Tenho sonhado com guerras.

Em silêncio, Gualter interpretou o relato do irmão como um possível reflexo de sua volta ao vilarejo e da conturbada relação entre os dois.

– Mas, afinal, o que tu faz lá na cidade, Gualter? Tu é tipo um doutor?

– Eu não prescrevo remédios. Eu ajudo a orientar as pessoas para resolverem seus próprios problemas, entendem?

– Então tu deve ter muito trabalho.

– Agora, chegue mais, meu menino – pediu Seu Geraldo. – Chegue mais e me conte: o tal do Allejo é mesmo parecido com o Pelé?

– Pelé? Mas de onde diabos vocês tiraram isso? – perguntou um Gualter realmente surpreso. – Allejo nem é negro!

– Mas então é verdade que tu conheceu mesmo ele, né, Handam? – perguntou Aloísio, um dos mais jovens.
– Foi de fato um privilégio.
– E ele é mesmo tão bom quanto dizem no rádio?
– Se ele é bom? Ele é muito mais do que isso! Vocês não fazem ideia do que é vê-lo jogar. Ele é capaz de pegar uma bola assim... – Gualter ergueu com o peito do pé uma laranja caída – ... e enganar o marcador com um movimento assim... e assim... e assim...

É óbvio que a imitação ficou ridícula. Mas quem ali se importaria? Em pouco tempo, eles estavam brincando com laranjas feito meninos brincando com bolas de meia. Feito meninos que jogavam em terra batida com os pés descalços, os ombros eretos e os corações sem guarda. Meninos que sabiam de onde vieram e o lugar a que pertenciam. Meninos puros.

Meninos de Véu-Vale.

CAPÍTULO TRINTA E CINCO

– Você sabe que *ele* poderia ter atirado naquele dia, não sabe? – perguntou Hugo El Diablo.
Em uma das cadeiras de seu boteco estava Gualter Handam.
– Por que acha que ele não o fez?
– Nem sempre é fácil para um homem demonstrar força assim.
– Não vejo força naquele que empunha uma arma.
– Eu falei de você.
Gualter engasgou com a cerveja na garganta.
– E a sua senhorita?
– Está na cidade.
– Esperando por você?
– Tomara.
Eles sorriram, como se fossem amigos. Não eram. Mas em outro mundo, até poderiam.
– Sabe, estava me lembrando do que me disse outro dia... – continuou Hugo.
– Sobre o quê?
– Sobre você me agradecer por ter estado lá com a sua mãe.
Ah. Aquilo.
– Eu não deveria? – perguntou Gualter.

– Não é isso. É que coisas assim me fazem pensar o quanto me aproximei desse lugar, como se sempre estivesse por aqui.

Gualter aproveitou a brecha para mudar de assunto:

– É um local muito diferente de onde esteve?

– Você se refere às cidades anteriores onde vivi ou à prisão?

A pergunta foi feita olho no olho.

– A ambos – a resposta também.

Hugo sentiu o peso no tom. Ponderou, decidindo o real valor de ir em frente.

– Sabe, rapaz, assim como você, eu conheço o mundo fora daqui. E você faz ideia do que eu mais aprendi com isso? Que se fala muito em oportunidades disso ou daquilo ou daquilo outro. As pessoas falam coisas como, ah, um dia eu saio daqui e vou pra tal lugar, porque *lá sim*... lá eu vou ter oportunidade de ser alguém. Aqui eu tenho um pai bêbado... aqui tenho uma mãe viciada... um irmão doente... uma namorada escrota... eu tenho tudo o que me impede de ser alguém, entende? As pessoas falam muito esse tipo de merda e você, na profissão que escolheu, sabe bem como funciona. Aí eles pegam e voltam seus objetivos pra isso: arrumar um jeito de mudar de lugar. Tentam mudar de bairro, de cidade, de país. No dia em que algum maluco abrir colônias em outros planetas, iguais às desses filmes mal dublados de ficção científica, com certeza vai ter sujeito dizendo que lá eles serão finalmente quem nasceram pra ser. Aí o tempo passa e daqui a pouco o cara tem um filho, e o filho do cara cresce naquele mesmo lugar, e diz pra si mesmo que um dia ele vai sair dali pra não ser igual ao pai dele.

A garganta não parecia seca. Mas ele pausou para um gole.

– Aí fica a pergunta: e onde é que esse monte de gente vai acabar? Sabe qual a resposta? Não importa! É isso que acabei de falar: no fundo a pessoa carrega pra tudo que é lado toda a porcaria que ela cresce acreditando que é. Porque o que eu aprendi nessa vida, rapaz, é que não é o lugar que importa, são as pessoas. Eu já fui leão de chácara, sabia? Botava os bêbados pra fora. Dava uns tabefes nos caloteiros. Cuidava pra ver se ninguém invadia a área VIP pra incomodar algum mauricinho. Eu fazia umas porcarias desse tipo. Você acha que isso era mais digno que o que eu faço aqui? Eu tinha amigo que fazia tanta besteira! E eu via os caras e evitava julgá-los porque eles acreditavam que um dia iriam sair dali e mudar de vida. Mas tinha um cara de quem eu não tirava o olho. Ele era tido como um figurão do bairro. Camisa aberta, cordão de prata, dente de ouro, sabe esse tipo? Ah, claro que você sabe; você já encarou um desses aqui mesmo nesse boteco.

Outro gole.

– Esse cara gostava de exibir mulher. Escolhia umas vagabundas, botava uma de cada lado, pagava garrafa de uísque. E as mulheres do bairro gostavam, porque ele prometia que um dia ia tirá-las dali. Escutou isso? O cara mais escroto do bairro comia tudo quanto era mulher prometendo *a esperança* de que um dia ele iria tirá-las daquele lugar. Só que tinha uma lá que não era assim. Era uma guria inteligente pacas, que conseguiu entrar na faculdade e dava aula em uma dessas escolas decadentes. A menina tinha uns três empregos. Estilo durona. Uma mulher dessas que você não dobra, entende? E claro que o escroto tentou arrastar ela pra debaixo da asa também. E é claro que ela recusou. Eu conhecia ela, conhecia a mãe dela, sabia o berço que ela tinha. Porque a pobreza, rapaz, ela revolta, mas ensina uma pessoa a superar os desafios na vida, sabe? A mulher ia às vezes lá na boate, eu deixava ela entrar de graça, sabia que era o único momento dela relaxar na vida. Aí ela me contava como estavam as coisas, a faculdade, a mãe, o namorado novo. Até que teve um dia na boate que ela foi com uma amiga e o escroto mandou chamar ela. Falou pra ela sentar, pra beber a vontade, falou que *ia tirá-la daquela vida*, como se a mulher fosse prostituta. Entende isso?

O desgraçado usava esse termo porque a menina queria uma vida de mulher independente. Eu sei que ela tacou um copo de vodca na cara dele.

Mais dois goles.

– O cara ficou possesso. Quis bater na garota e eu me meti. Ele veio com aquele papo de não encoste em mim, sabe com quem está falando, seu puto? Eu expulsei ele naquele dia. Ele nunca esqueceu. Na semana seguinte, nem ele apareceu, nem a menina. Uma semana depois, nós descobrimos que ela tinha sido violentada.

Nenhum gole.

– Demorou pra menina sair do hospital; demorou pra ela voltar pra rua. Muitos não teriam voltado. Mas sabe o que a menina fez? Ela voltou. Ela continuou a fazer as coisas dela. Continuou a dar aula. Se formou na faculdade. Mas nunca mais foi na boate. Ela evitava falar com as pessoas, e um dia a gente se cumprimentou, e no olhar dela eu vi. Eu vi, rapaz. Eu vi que ela queria me confirmar o que todo mundo sabia. E eu sei que todo mundo queria fazer algo, mas nem todo mundo é capaz de fazer o que quer na vida. Ela denunciou o cara, mas não deu em nada. Aí você tem ideia do que eu fiz?

Silêncio.

– Chegou um dia que ia ter uma festa na boate. Organizada pelo escroto. Aniversário dele. Era uma provocação aquilo; só podia ser. Eu esperei ele entrar na área VIP mais cedo. Esperei ele beber um uísque no copo em que eu tinha cuspido. E esperei ele ir ao banheiro. E fui até lá. Tranquei a porta. E prensei o cara na parede. Provoquei e ele no início negou a coisa toda. Mas você sabe como é esse tipo; quando você pressiona, eles adoram se vangloriar. Aí ele contou. E começou a descrever o que fez com ela, e como ele era bom, e como eu ia morrer ferrado naquele lugar organizando a mesa de bebidas de caras como ele.

Houve uma pausa.

– Ele morreu afogado na privada. Com a cara inchada de tanta pancada que levou naquele banheiro.

Outra pausa.

– Eu não queria matar ele. De verdade. Queria só esfregar a cara dele um pouco na merda que ele era, sabe? Mas eu exagerei. Peguei ele pelo cabelo e pressionei a cara dele com um certo prazer. A raiva faz isso com a gente. E eu fui pra prisão. Mas não me arrependi, seja lá isso meu pecado ou não. E lá na prisão eu conheci gente de tudo quanto é tipo. Mas quer saber o que eu realmente aprendi? Que tudo o que existia ali, eu já tinha visto lá fora. Vi lá dentro e vejo aqui todos os dias. Não importa o ambiente nem o local, rapaz, você sempre vai encontrar pessoas de todos os tipos. Tem gente boa na prisão, tem gente boa que visita a prisão. Tem muita gente ruim fora dela também. Porque se a pessoa quiser ser melhor, ela vai ser melhor onde for. Só que o mundo olha pros outros e só vê de onde ela veio. Você mesmo. Você olha pra mim e vê o quê?

> *O ex-presidiário, que ganhava a vida*
> *servindo pingas a bêbados suicidas.*

– Você vê um presidiário fugitivo, não é? Um assassino, talvez? Sabe por quê? Porque você tá trazendo uma bagagem que nem é sua. Agora se você não tivesse saído daqui, se você se mantivesse como as pessoas daqui, você me veria apenas como um homem que aproveitou uma chance pra tentar ser melhor, não importa o lugar. Você me veria apenas como o cara que recebe encomendas e facilita a vida dos outros. Você me veria apenas como o cara de bar, que serve pingas por aí, mas ajuda a sua mãe nos poucos momentos em que pode fazer alguma coisa porque está por perto...

O último copo foi virado. Em um único gole.

O copo bateu forte na mesa.

Como um soco.

– Obrigado, Hugo.
– Você já me agradeceu por isso.
– Obrigado.
A frase parecia ressoar por outros motivos.
Obrigado.

Há momentos em que agradecer é o suficiente.

CAPÍTULO TRINTA E SEIS

Naquele dia, pessoas um pouco mais sensíveis poderiam notar uma mudança na energia que cercava Véu-Vale. Não muito longe do vilarejo, no local que servia de cemitério indígena há centenas de anos, a energia a princípio grosseira dava lugar a outra mais sutil. Mais etérea. Mais sublime. O Véu ectoplasmático parecia atrair toda forma-pensamento dos homens de Véu-Vale.

O acontecimento era planejado e esperado há séculos.

Eles esperavam o dia como fanáticos. Era o motivo de ainda permanecerem ali. E sua senhora estava inteiramente satisfeita. Do alto de sua rudeza inabalável, *ela* sabia que ele havia voltado.

E estava preparada.

Um frescor de eucalipto tomou conta do ambiente, e a redoma ao redor de Véu-Vale pareceu rachar. Flores murcharam. Emoções tomaram forma. Frequências vibratórias diferentes se encontraram.

O coração do Antigo, em algum lugar inacessível aos espíritos mais novos, bateu mais rápido quando compreendeu. E o protetor do vilarejo orou a deuses esquecidos.

O Véu daquele vilarejo estava prestes a ser rasgado.

III
O CHORO DA CHUVA

Oh now feel it comin' back again,
like a rollin' thunder chasing the wind.
Forces pullin' from the center of the Earth again.
I can feel it.
ED KOWALCZYK

CAPÍTULO TRINTA E SETE

Gualter passou a primeira, a segunda e a terceira semanas seguindo um mesmo ritual, na esperança de que os dias se tornassem iguais. Acordava com o galo, saía com o irmão, encontrava os outros homens, trabalhava na terra, bebia café forte antes da volta para casa, jantava com a família e dormia. Exatamente como no passado.

Ainda como de hábito, aquela última noite não fora de bons sonhos. Não conseguira fugir disso.

Era sempre a mesma mulher nua.

Anabanéri.

A entidade que entrava nos sonhos dos homens para enviar mensagens divinas. Dessa vez, ela nada havia dito. Apenas tocara a testa dele com dois dedos e depois os deslizara em círculos pelo rosto e pescoço, finalizando o último círculo na altura do coração. Olhou para ele. Sorriu. E, como no *fade out* de um filme, ele acordou.

O galo esgoelou-se como sempre. Carlos abriu a porta do quarto.

– Tá na hora!

– Hoje não, Carlos. Hoje não vou arar a terra contigo. Hoje preciso ir atrás de outra pessoa.

– Hum... – resmungou o irmão, como se não fosse uma surpresa. – Mariane?

O coração balançou com o nome.
Mais uma vez.

Tia Mariane.

Ele tentou disfarçar. Não funcionou.
– Não, ela não. Ainda não.
Carlos, sem comentar, já estava saindo do quarto, quando Gualter se apressou para mantê-lo ali:
– Como ela está, Carlos?
– Ainda solteira, se é o que tu quer saber.
– Não me refiro a isso. Digo...
– Tu quer saber como é que ela ficou, né? – Carlos modificou o tom da voz. – Depois que tu fugiu dela também, né?
Gualter deu uma pancada veemente no criado-mudo.
– Saco, garoto! Será que toda vez que a gente tentar conversar você vai agir assim feito moleque?
– Tu queria o quê... *irmão*? – A pausa ratificava o deboche. Gualter estava acostumado às entonações. – Reaparecer aqui dez anos depois como se nada tivesse acontecido e viver normalmente? Carolina tem quase a idade do tempo em que tu sumiu!
– Eu sei, DROGA! – Gualter ergueu-se, levando travesseiros com os movimentos bruscos. – E como você acha que eu me sinto com isso?
– E como tu acha que *eu* me sinto? Eu assumi a responsabilidade como o homem desta casa!
– E qual o problema disso? Você por acaso não é homem? – Estava iniciada a etapa em que as palavras não mais fazem sentido e apenas ferem as emoções. – Ou o problema é assumir responsabilidades?
– Repete isso que eu te faço engolir quem é mais homem aqui!
A discussão teria continuado em doses cada vez mais violentas. Entretanto, ambos perceberam quando Anastácia chegou, arrastando

chinelos de forma lenta e cansada. Caminhando como Véu-Vale nos últimos dias.

A madrugada era fria.

O olhar, pior.

– Tenham respeito pela casa e pela irmã de vocês – disse ela em um tom contínuo. – Se precisam disso pra decidir quem é o melhor homem, a porta da rua é serventia desta casa. Homem não tem que dizer que é homem, tem que agir como um.

Ela saiu. No silêncio que ficara, dois irmãos de cabeça baixa pareciam cada vez mais espremidos dentro de mundos que precisavam se reencontrar.

Herbster, o Antigo, mantinha uma vara de pesca descansada sobre o lago onde crianças tomavam banho, e o chapéu caipira na cabeça. O lago era formado pelo desvio de um rio próximo de sua choça, que mantinha a água na depressão do terreno criando uma piscina natural. Diziam, há tempos, os escravos que o rio nascera devido a um orixá, que agia como intermediário entre os homens, as forças naturais e as sobrenaturais.

Um bom local para se relembrar de entidades seminuas que invadem sonhos.

O Antigo escutou os passos se aproximando. Há tempos esperava ouvi-los. Virou-se e escutou Gualter Handam dizer de forma sincera:

– O burro veio beber água.

Herbster sorriu feito uma criança ao ver seu plano infantil dar certo.

– Por que pescar em um lago onde não há peixes? – perguntou o psicólogo, sentado ao lado do índio grande.

— Para saciar a vontade de pescar.
— Mas *não* há peixes.
— Mas há a intenção de pescar.
O psicólogo riu alto.
— E será que dá pra você me explicar o que *eu* estou fazendo aqui?
— Aqui no lago?
— Aqui em Véu-Vale.
— E por que eu deveria saber, *Cajamanga*?

O apelido sempre causava o tranco. Aquele era o único homem que ainda o chamava por aquele pseudônimo esquisito, e era incrível como aquilo, aquele apelido infantil insignificante, puxava-o ainda mais de volta àquela terra.

Da última vez o apelido o incomodara. Ali, depois de semanas entre os homens de Véu-Vale, já nem tanto.

— Porque... diabos... você sempre sabe de tudo! Só finge que não...
— Diz tu: por que tu voltou, Cajamanga?
— Não sei ainda. Eu simplesmente precisava. Você já sentiu algo parecido?
— Sinto que preciso fazer muitas coisas todos os dias. Preciso comer, e dormir, e...
— Não, velho sacana! Você entendeu o que quis dizer.
— A questão, Cajamanga, é: por que eu simplesmente faço essas coisas?
— Você come pra não morrer...
— E durmo pra descansar.
— Você também pesca pra satisfazer a vontade de pescar... – concluiu Gualter, mais para si que para o ouvinte.
— Então, pra que tu voltou aqui?
— É o que eu preciso descobrir. Mas não sei por onde começar.
— Todo mundo sabe que quando homem branco está perdido precisa de um mapa.

– Eu lembro disso. As *lembranças*, né? Mas uma curiosidade que sempre tive: por que você sempre fala 'homem branco'? Por que seria diferente para o 'homem índio'?

– O homem índio não esquece suas lembranças.

– E por que não?

– Ele *é* a própria lembrança.

– Por que ele os grava na alma?

– Porque ele grava no espírito.

– E qual seria a diferença?

– Descobrir essa resposta já seria um bom começo.

Como detestava aquele índio.

A bicicleta continuava esfregando a borracha dos pneus contra o chão de terra do vilarejo. Gualter ainda sentia o cheiro de orvalho. E ainda era estranho. Enquanto corria na bicicleta, pensava em Marina.

Torcia para que estivesse bem e que não o esquecesse.

E para não esquecê-la.

Já estava pedalando há meia hora quando chegou ao local que queria. Em sua frente, imponente e ao mesmo tempo decadente como seria a aparência de um castelo de ossos, estava a fazenda de Francisco Matagal. Ali estava a irmã Mayara, tão perto e tão longe dele. Ele jogou o peso para a perna direita e equilibrou a bicicleta. Estava em frente ao grande portão de madeira da entrada. Logo que parou, dois homens, com barbas tão desleixadas que formavam nós, se levantaram. Gualter Handam sabia o porquê.

E ali, diante daquele local, ainda lutava contra o sentimento de virar as costas e partir.

O homem que me dava ordens morreu.

Fora isso que ela dissera no dia de seu casamento. Quando a família tentou convencê-la a fazer o contrário. Quando ele tentou convencê-la a fazer o contrário. Era o mesmo ano da morte de César Handam. Aquela maldita frase ainda lhe perfurava o peito.

E foi assim, com a garganta seca e o pensamento conturbado, que Gualter Handam virou a bicicleta e sumiu no horizonte sem olhar para trás.

Nem uma vez.

Em Véu-Vale havia uma colina para onde os casais de adolescentes apaixonados gostavam de ir quando conseguiam permissão. Ao redor dos arvoredos na pequena elevação de terreno e declive suave havia dezenas de nomes raspados nos troncos. Dezenas de casais talhavam a madeira com a ponta de canivetes os próprios nomes no que passava a ser a árvore daquele casal.

Não havia lei alguma escrita que reforçasse isso, mas os amantes respeitavam o ritual. Quem assumia uma árvore naquela colina, assumia uma responsabilidade. Por outro lado, viam-se também nomes riscados, de casais separados e com alcunhas escritas já em outras árvores com nomes diferentes ao lado. Isso gerava situações esdrúxulas; incontáveis foram as vezes em que pais desconfiados percorreram as árvores em busca dos nomes das filhas e daqueles que poderiam ter tomado a honra de suas meninas.

Contudo, mesmo os nomes dos pais estavam lá, em alguma árvore. Ali, naquele morro, Gualter Handam andava a pé, carregando sua bicicleta pelo guidão. Estar ali era mais uma vez remexer seu sótão emocional. Conhecia aquele lugar, e conhecia-o bem. Pois ali não estava apenas uma talha adolescente com seu próprio nome. Estava sua própria árvore. A sua própria energia concentrada.

A sua segunda lembrança.

Parou diante dela. Largou a bicicleta, que tombou. Ali estava. Ali estava o seu nome.

E o nome dela.

Ali estava o seu nome ao lado do nome de Mariane.

A constatação espremeu o emocional e ele sentiu vontade de vomitar. O peito ardeu. E, em um momento único, experimentou de novo tudo o que sentira uma vez por aquela mulher. Ainda assim não era essa a pior parte. O que o destruía de verdade naquele instante difícil, mais do que ainda ver seu nome ao lado do dela, e mais do que ver a *lembrança* de sua própria árvore, era não ver a marca que esperava encontrar.

Era não ver o risco.

Quando os adolescentes terminavam seus romances não riscavam os nomes dos antigos parceiros apenas por capricho. Naquele vilarejo, eles acreditavam realmente que não conseguiriam amar novamente outra pessoa se não desfizessem a ligação com o antigo amante. Enquanto os nomes das duas pessoas estivessem cravados naquelas árvores, seria como um contrato afirmando que ainda havia amor entre elas e o outro ainda não poderia se completar em outrem.

No nome de Mariane não havia risco, afinal...

tu fugiu dela também

... Gualter não o tinha feito.

Contudo, naquele momento, ele descobria que no nome dele *também* não havia risco algum.

Era isso o que doía.

Era isso.

Gualter Handam olhou os arredores. Estava sozinho. Talvez tenha sido por isso que, por um momento longo demais, despiu-se de qualquer máscara. De qualquer maquiagem social. De qualquer aparência de fortidão que não tinha. Encostou-se naquela árvore acariciando o desenho como se fosse um rosto amado e chorou como um homem que não sabe se está feliz ou triste. No momento em que as lágrimas tocaram o solo fértil, aquele dia pareceu um dia de chuva.

CAPÍTULO TRINTA E OITO

HÁ ALGUNS DIAS o pai do menino Tininho andava assustado. O pequeno garoto sempre dormiu sozinho, normalmente um pouco depois que o pai chegava do trabalho na terra. Há alguns dias, porém, ele já não conseguia mais, insistindo com o pai que o *bicho-papão* estava dormindo embaixo de sua cama. O mais interessante é que ele afirmava que o bicho se parecia em muito com a mãe. A falecida mãe.

O que assustou o pai, porém, não foi a história nem a aparência do monstro infantil.

É que, para desmistificar o que achava se tratar de um pesadelo, o pai também olhou embaixo da cama do filho. E passou a *também* ter medo daquilo.

A jovem Lavanda já havia terminado a lição de casa passada pela professora Mariane. Depois disso escreveu uma carta sem um assunto específico, somente pelo prazer de ter aprendido a escrever. Depois que terminou a carta, contudo, ela não se deu por satisfeita. Pois não entendia o significado daquele texto. E reconhecia que a letra naquela carta não era sua.

Uma das galinhas de seu Tenório não botava ovos há dois meses, desde que o antigo galo morrera. A ausência do animal foi sentida pela ave mocha, que estava definhando em velocidade rápida como se desejasse também a própria morte. Todos tinham certeza de que, sem a presença do galo, a galinha morreria em poucos dias.

Há alguns dias, entretanto, isso mudou.

Nos últimos anos, ninguém jamais vira uma galinha chocar tantos ovos quanto Gecilda nos últimos dias. Era *estranho*. Muito estranho.

Dona Sansara esperou o bater do sino das seis horas. Mais uma vez calçou os chinelos e os arrastou pelo chão de terra. O destino, como sempre, era a caixa de correio coletiva, feita de forma rústica com latas de óleo, molas e pedaços de madeira. E feito um cão que espera o dono faria o mesmo caminho todos os dias até o fim da própria vida; faria isso até receber a tão esperada carta do filho.

Mesmo que o filho estivesse morto.

Vivia cada dia a mais para concluir seu objetivo. E foi quando abriu a porta para descer os três degraus da casa humilde, que ela se deparou com a jovem Lavanda do outro lado. Sorriu para ela. A pequena Lavanda estendeu um papel dobrado. O coração disparou. Uma carta.

Dessa vez para ela.

Padre Paulo estava atônito depois que fora procurado por Dona Lurdes para ir ao encontro do filho adoentado. Em toda a sua vida dedicada à sagrada fé cristã como sacerdote, aquela era a primeira vez naquele vilarejo em que faziam a ele um pedido de exorcismo.

– Acho que Joana D'Arc morreu enforcada – contou Matheus a dois colegas.

– E como tu sabe disso?
– Eu *vi*.

Na igreja de Nossa Senhora, os anjos de gesso ao lado do altar pareciam vibrar um mantra nas paredes sagradas. Os olhos já não mostravam-se mais tão vazios. E qualquer mortal se arrepiaria quando visse as lágrimas de sangue que escorriam pelos rostos como rios, molhando as bíblias de pedra que tinham nas mãos.

Por toda Véu-Vale, o cheiro de orvalho, em todos esses dias, permaneceu.

CAPÍTULO TRINTA E NOVE

Pedro "Pregador" Mathias se mantinha em seu caminho como o último acendedor do vilarejo. Naquela noite, porém, nada parecia comum. Ele, no entanto, partiu para concluir o trabalho ainda assim. Ultimamente os dias de Véu-Vale não estavam mesmo se parecendo com os antigos.

– Você não parece normal, Pedro...
– O que queria, contigo andando do meu lado?

Gualter carregava uma mochila velha nas costas que continha pedaços de toras e gravetos. Segurava as correias com cada mão correspondente, seguindo os passos do acendedor e a luz do lampião.

No céu, uma chuva fina começava a banhar os dois, e também toda a terra dos homens.

– Você sabia que eu estava em Véu-Vale? – perguntou Gualter.
– Se sabe de tudo por aqui.
– E por que não me procurou?
– Porque eu sou de casa. A visita é tu.

Mais uma vez era insuportável não ter argumentos. Pararam diante de uma das colunas rústicas de madeira. Pedro abriu a escada, mas quem subiu foi Gualter.

– Como se sente fazendo isso novamente? – perguntou o acendedor.

– Até que bem.

Gualter retirou o globo de vidro do pico e entregou-o a Pedro. Depois retirou da mochila alguns gravetos. Recebeu o galão de querosene e colocou um pouco mais que o necessário. Pegou o isqueiro e acendeu as toras. Colocou o globo de vidro novamente ao redor do fogo.

– Coloquei querosene demais – resmungou.

– Falta de prática...

– Pode ser. Sabe, se não houvesse essas passagens de ar aqui... – ele indicou com os dedos – ... a temperatura poderia espatifar o globo.

– E por que tá me dizendo isso?

– Nada, só de curiosidade.

– Curiosidade nada! – Gualter já havia descido e Pedro dobrava a escada novamente. – Eu sei por que tu tá dizendo isso!

– Pedro, para de achar que tudo...

– Não sou eu quem tem de parar de achar por aqui! Tu tá dizendo isso por causa daquilo que eu te contei, né? Quando eu estava andando e de repente todas elas estouraram uma a uma na minha frente!

– Pedro...

– Diz que é mentira, seu pamonha!

– Tá bom, pastel! – Os dois riram dos insultos que trocavam feito meninos. – Foi isso que achei que aconteceu...

– Ah, é, sabichão? Então me explica por que o fogo apagou *antes* de o globo explodir.

– Provavelmente faltou oxigênio para queimar.

– Quer saber? Eu não entendo nada disso que tu tá falando! Mas, se tu tá dizendo que o que explode o vidro é a quentura, então não vejo como o vidro pode explodir com o fogo apagado!

– Ora... ele pode... com certeza tem um motivo científico pra isso ter acontecido.

– Ou tu precisa acreditar nisso, né?

Silêncio.

– E me diz: quando a gente vê o bicho na noite? Também é por causa do *científico* aí?

Gualter suspirou.

– Já pensei nisso também. Quando a gente mora aqui, somos influenciados por esse meio e as histórias que escutamos, sabe? Hoje, acredito que essas visões eram fogos-fátuos.

– Fogos o quê? – perguntou Pedro com uma voz fina.

– Fogo-fátuo! Já foi fonte de medo de outros povos. No fundo não passa de um efeito natural: é uma luz que aparece à noite, e acontece devido à combustão de gases que saem com a decomposição de matéria orgânica, entende? Um prato cheio pra um vilarejo próximo a um cemitério indígena...

– Ah, que mané fonte de luz o quê? E desde quando o que se vê por aqui é *luz*? Você sabe que a gente vê aquilo correndo!

– Pedro...

– Agora, então tá! Até aqui tudo aconteceu por causa disso aí tudo que tu falou. Mas me explica os mortos correndo. Me fala dos mortos gritando! E também não me diz que eu não escutei o que eu escutei, Gualter, porque tu nasceu aqui, e quem nasce aqui escuta!

Gualter poderia insistir na racionalização do subjetivo. Mas o âmago não queria.

– Por que nós escutamos, Pedro? – perguntou ele, rendido.

– Até hoje não sei, irmão. Vontade de Deus.

– Me fale do gato preto...

– 'Gato preto'? Que gato preto? Ah, tá! O gato preto! Nossa, tu nem acredita!

– Ultimamente estou voltando a acreditar em muita coisa.

– Pois tu não acredita no que eu vou contar! Eu parei onde?

– Você falou que tinha se assustado com a sombra do bicho.

– Isso. Estava enorme, mas até aí tudo bem. A gente de noite vê um monte de coisa mesmo. Depois, quando eu vi que era um gato comum até dei risada. Quer dizer, mais ou menos...

— Por quê?

— Porque quando aquele bicho passou do meu lado, ele olhou na minha cara com aqueles olhos amarelos. Mas ele tinha um olhar distante, tu entende? Arrepiou meus pelos!

— Mas o que você sentiu?

— Senti arrepio, pô! Assustadora a coisa...

— Mas arrepio de que tipo?

— Do tipo que a gente sente quando a coisa grita.

— Entendo.

— Mas o pior depois foi o compadre...

— Que *compadre*?

— Que apareceu! Do nada!

— Como assim, *do nada*?

— Do nada, pô! Tô falando! Tu sabe o que é olhar pra trás e não ter nada e de repente alguém cutucar teu ombro? — O olhar de Pedro indicava que estava mais assustado relatando sua história do que o próprio Gualter escutando.

— E o que o *Do Nada* disse?

— *Rapaz, parece que tu viu o capeta!*

Gualter riu de forma involuntária.

— Parece *remake* de terror japonês...

— Parece o quê?

— Nada. Um dia eu levo você a um cinema da cidade; você vai ficar doido. Mas agora continua...

— Tô achando que tu tá de brincadeira com a minha prosa, pamonha!

— Tô nada, pastel! Conta logo o resto.

— Olha que eu taco essa escada na tua fuça, hein?

— Ah, vai comer feijão pra crescer um pouco, ô pintor de rodapé!

— O quê?!

Pedro largou a escada. Na verdade, largou tudo. Colocou o lampião no chão e tirou a mochila das costas. Handam fez o mesmo. Os dois começaram a circular a grande lanterna a combustível, fazendo giros com as mãos fechadas na frente do peito, mais parecendo Popeye e Brutus se estranhando antes de uma briga.

– Tu vai ver quem é 'pintor de rodapé', ô cabeça-torta!

– Solta que vem chuva, segurança de presépio!

Feito criança, os dois se xingaram de diversos nomes esquisitos e caíram um por cima do outro em situações que superavam o bom senso. Desferiram tapas inofensivos que traziam mais satisfação do que outra coisa.

Gualter Handam não sabia o quanto momentos como aquele lhe faziam falta. Jamais poderia imaginar que amava tanto Véu-Vale antes de tê-la perdido. Jamais admitira a alguém o quanto amava – e precisava – de pessoas como aquelas, antes de reencontrá-las.

E então à boca veio o gosto de sangue.

A chuva se iniciou e molhou os espíritos de Gualter Handam e Pedro Mathias antes dos corpos.

Mas dessa vez, pela primeira vez, foi diferente.

Pois dessa vez Gualter Handam não a temeu. Pelo contrário. Dessa vez ele sequer se alterou.

E até mesmo sorriu.

Sorriu como no passado. Quando as crianças brincavam; as mulheres sonhavam; e os homens sorriam. Em poucos instantes, Gualter percebeu como aquela viagem pessoal estava mexendo com ele de uma forma muito mais intensa do que poderia imaginar. Ele agora parecia estar na metade do caminho entre o que havia sido um dia e o que gostaria de ser naquele momento.

E se sentia bem.

Faltava agora apenas descobrir o que se tornaria.

E ele ainda se sentia bem.

Do alto, a chuva continuou caindo, banhando uniformemente os irmãos de criação. E os dois apenas sorriram.

Naquela noite Gualter Handam chegou em casa encharcado, pediu a bênção e ajoelhou-se diante da mãe de espírito forte, pedindo desculpas a ela por tudo que tivesse feito de errado tanto com ela como com aquela família. Foram necessárias poucas palavras.

E um único olhar.

Atenta do lado de fora, a chuva era a única testemunha. Os sentimentos eram lavados pela água que caía, que escorria levando pelas ruelas de terra daquele vilarejo as mágoas, os ressentimentos e as culpas enraizadas no âmago de seus moradores.

Os filhos do Vale do Véu.

Os filhos das lágrimas da chuva.

E da mãe, que nos filhos não via culpa, ele recebeu o alívio. Recebeu em silêncio tudo o que não precisava ser dito. Recebeu a redenção. A libertação.

Pois ele recebeu seu olhar.

Um olhar que ele reconhecia da infância. Um olhar que da parte dela era o mesmo.

Mas da dele, não.

E enquanto escutava a chuva cair do lado de fora, e enquanto dentro do peito explodiam sensações que o tornavam mais leve, Gualter Handam enfim soube por que estava fazendo aquilo.

Porque compreendeu o silêncio que ligava os espíritos.

Havia um rombo na própria alma, do tamanho de uma *maldita* caverna, mas ele o fecharia. A questão era que simplesmente não esperaria perdê-la para só assim ter a sabedoria do quanto amava aquela mulher.

Do quanto amava aquela família.

Do quanto amava aquele lugar.

Do outro lado, sem que ele precisasse explicar, a mãe compreendeu.

Enfim aquele homem havia aprendido a se expressar em silêncio.

CAPÍTULO QUARENTA

No dia seguinte, outro irmão foi buscar Carolina Handam na pequena escola do vilarejo, frequentada por crianças e adolescentes. Para a menina, não fora mais uma surpresa. Já estava se acostumando com aquela presença, com aquelas expressões engraçadas e mesmo com aquelas perguntas esquisitas sobre seus desenhos com giz vermelho e laranja.

Mas não sua professora.

Ela não se acostumara.

– A bênção, irmão.

– Deus te abençoe, querida – disse um Gualter Handam à vontade.

E então o silêncio constrangedor entre os três. Para Gualter Handam, contudo, o mundo não poderia mais fugir dele.

Nem o oposto.

– Mariane, nós precisamos conversar, não?

Deixaram Carolina em casa. O dia ainda não se tornara noite, mas isso não demoraria por muito mais tempo. Chovera no dia anterior. E naquele, parecia que a história se repetiria. O céu estava branco, tendendo para cinza. Ainda assim, um Gualter Handam sem aliança caminhava por entre ruas de solo úmido, acompanhando o primeiro amor de sua vida de volta à casa dela.

– Fiquei feliz em saber que você se tornou professora dos mais novos.

– É verdade – disse ela, dentre sorrisos que pareciam sinceros. – Ao menos me encontrei em alguma coisa.

Você sempre foi ótima. Em tudo.

– Talvez. Mas não o suficiente pra você.

A frase doeu.

Muito.

Antes que a dor piorasse, como em uma trégua piedosa, ela resolveu dizer:

– Sua irmã é muito inteligente, sabia?

– Carolina? Eu vi os desenhos dela...

– E o que achou?

– Bom, eu acho uma forma interessante de ela expor o subconsciente. Eu guardei até um desenho que ela fez de mim.

– Como era o desenho?

– Bom, eu tinha um rosto redondo enorme... – brincou Gualter e a professora achou graça da descrição, como se diante de uma informação conhecida. – Mas o que eu achei de mais interessante foi a escolha das cores.

– Vermelho e laranja...

– Como sabe?

– Eu sou a professora dela.

– Ah, é! Que idiota! – Ele se recriminou. – Você agora é a professora dela... – Não era tão simples para um homem há tanto tempo distante se fazer presente.

– O que mais havia no desenho?

– Bom, o... ah... *meu corpo* tinha a cor laranja. As árvores também eram laranja, e tudo mais que tivesse de fundo era laranja. Agora, o meu rosto redondo era vermelho... – Gualter falou a última frase de uma forma um tanto teatral, esperando ganhar outro sorriso.

Não foi bem assim.

— E o céu? — O tom de seriedade dela fez com que ele adotasse a mesma postura.

— Como?

— Como ela desenhou o céu?

— Bom... pelo que me lembro... tudo era laranja, menos as nuvens. As nuvens eram vermelhas.

— Entendo...

— Então me explique.

— Carolina desenha em laranja tudo que ela acha inofensivo. Ou segundo as palavras dela: *normal*.

— Espere aí, e o que tem de *anormal* na minha cabeça?

— Deixa de ser bobo! — Ela riu. — Você disse que ela desenhou as nuvens em vermelho. Você nasceu em Véu-Vale. Sabe o que isso significa.

— Ela desenhou a chuva...

— Um terceiro dia de chuva.

— E por que o meu rosto vermelho?

— Bom, provavelmente ela associa o fenômeno... a você.

— As crianças são bem criativas.

— As crianças são mais sensíveis. Você precisa ver o que tem acontecido nos últimos dias por aqui. Os desenhos e as redações que elas têm feito! Às vezes eu me assusto!

— Me dê um exemplo... — pediu ele, mas torceu para que não fossem extensos. Perto de seu campo de visão já estava a antiga casa dela, idêntica e imutável desde antes do nascimento de ambos.

— Elas desenham situações horríveis. Tem uma que escreveu uma carta sem sentido com uma letra que não era dela. E tem outro que diz que viu em um espelho o assassinato de Joana D'Arc, pode? — Ela parou com as mãos na cintura e a boca aberta, parecendo uma adolescente.

Gualter amava cada um daqueles trejeitos.

Ou amou um dia.

– Outro insiste que por causa dele o *diacho* está mais perto de Véu-Vale! Tem também muitos desenhos de índios dilacerados, e eles sempre exageram no vermelho. Mesmo Carolina agora só faz seus desenhos nessa cor!

– Mariane, com o que estudei fora daqui, juro pra você que poderia citar três ou quatro teorias para o que está acontecendo com essas crianças. Mas, vindo aqui novamente, a coisa muda de figura. Pois... não sei... Véu-Vale está diferente...

– Para você deve estar mesmo... – Ele ainda não conseguia se acostumar com o "você" de Mariane, contrariando a forma dos moradores do vilarejo de falar, que usavam o "tu", embora não atentassem para a concordância verbal adequada.

– É sério! Coisas estranhas estão acontecendo todos os dias. Só Pedro já me contou vários casos, e ele próprio participou de alguns. Eu não sei o que há, mas... ultimamente Véu-Vale parece estar *pulsando*. Como se... não sei, é difícil dizer...

– E por que voltou, Gualter?

– Eu precisava.

– Ah... – Aquele "ah..." da professora doeu no peito do psicólogo. Ele fora treinado para perceber reações, mas aquela ele entenderia simplesmente porque vinha dela. Da mulher que fora a mulher dos seus sonhos um dia. Da pessoa que fez de seu sentimento maior que seu desejo.

Ele sabia traduzir aquela expressão, e por isso seu peito latejava.

Pois o "ah..." daquela mulher era o de alguém que gostaria de ter escutado "por você".

– Escute, Mariane...

– Já chegamos, Gualter. Obrigada por me acompanhar. – Ela deu-lhe um beijo no rosto, passou pela cerca de tinta desgastada e entrou sem olhar para trás.

Gualter Handam observou aquela mulher entrar em casa e o peito continuou a latejar, como o reflexo de um hematoma deixado por um golpe já sofrido há tempo demais.

Aquele dia foi um segundo dia de chuva.

CAPÍTULO QUARENTA E UM

– Continua pescando, índio?

– Como tu, Cajamanga.

– Mas eu não pesco peixes.

– Nem eu.

– Tá, tá bom. – Gualter quis avançar, antes que perdesse nos argumentos. Como sempre. – Olhe, preciso de mais ajuda.

Ele se sentou ao lado do índio, abraçando os joelhos.

– Sabe, velho, estar aqui em Véu-Vale tem sido uma roda de emoções. Acho que em pouco tempo já senti mais sentimentos diferentes do que nos últimos dez anos. Só que... enfim... ainda assim... – Ele fez uma pausa.

O índio nada disse. Gualter nunca sabia quando isso era bom.

– Tá, eu sei que você vai falar sobre o mapa do homem e sobre as *lembranças*. E a cada dia aqui, eu sinto que realmente recupero tudo isso. Mas... preciso que você me ajude a saber o que fazer com elas. Sabe, um professor meu me disse que o meu espírito está quebrado. E talvez ele esteja certo...

– Se teu espírito está quebrado, tu pode juntar os pedaços.

– Na verdade, voltei para cá esperando que você me dissesse como fazer isso.

– Arremesse uma pedra no lago.

– Qualquer uma?

– A mais bonita...

– Que escroto. – Ele riu involuntariamente, enquanto arremessava uma pedra qualquer.

Quando a pedra atingiu a água, primeiro veio o som do engolfo. Depois que afundou, ambos ficaram observando os círculos formados ao redor do local.

– São símbolos.

– Certo...

– Sem início, sem fim. Igual dança de abelhas. Igual anel. Tu usa anel, Cajamanga. Por quê?

Gualter olhou para o próprio dedo, então ornamentado novamente. Aquele segundo de pausa lhe trouxe a lembrança de Marina e ele se sentiu bem.

Mas não em paz.

– É um anel de noivado.

– E tu escolheu bem?

– Acredito que sim.

– E por que não realizou o rito?

– Difícil responder assim, *pai* – disse sem pensar. Gualter *quase* se interrompeu, chocado pelo termo utilizado. O que queria dizer, porém, era mais importante que o choque. – Eu a amo. Amo de verdade. Mas tem alguma coisa comigo... – Um suspiro. Do tipo que o homem emite quando não sabe qual caminho seguir. – Acho que casamento de branco é mais complicado que casamento de índio...

– Outro dia tu disse que tem dificuldade de dormir. Por tua aparência, acho que tu tem dificuldade de comer. E agora tu me diz que tem dificuldade de amar. O que tu sabe fazer, Cajamanga?

– Ai, puta-que-o-pariu! – esbravejou Gualter, erguendo os braços e virando os olhos. – Ainda tenho que escutar isso de um velho que fica *pescando intenção*! Vai me esculachar agora?

– Arremessa outra pedra.

Outra pedra foi arremessada e caiu no centro do lago.

O efeito foi o mesmo.

– Olhe os anéis, Cajamanga. É feito alma de homem, cheia de círculos.

– E daí?

– Quantos círculos tu deixou abertos?

Gualter baixou a cabeça, rendido por algo que sempre compreendera.

Tu sabe que o valor da vida de um homem vem das histórias que ele pode contar, não sabe?

Lembrou-se dos círculos desenhados por *Anabanéri* nos sonhos dele. Estava outra vez do lado oposto do divã. O curioso é que já não reclamava mais disso.

– Muitos. Deixei muitos...

– Então tu já sabe o que fazer com tuas lembranças.

Gualter Handam arremessou mais uma pedra no lago e não teve dúvidas.

Aquele dia seria um terceiro dia de chuva.

CAPÍTULO QUARENTA E DOIS

Os homens que guardavam a entrada da fazenda de Francisco Matagal escutavam música sertaneja em uma das poucas rádios que o aparelho à pilha sintonizava. Mordiam pedaços de mato e vislumbravam o horizonte vazio de oportunidades.

Pensavam nisso, quando Gualter Handam chegou.

Ele veio pedalando, montado na velha bicicleta. A figura em nada lembrava o ar de um caubói de filme western, mas, ainda assim, naquele dia parecia haver algo de heroico na imagem. O olhar era fixo. A meta, também. Os homens mudaram as posturas e assumiram ares agressivos. Gualter não os temia.

– Pode parar, fanfarrão! Tu sabe que não é homem de tentar o que tá pensando... – desafiou um deles. A mão do outro foi para dentro da camisa, na altura da cintura.

– Pois tanto sou que vou, infeliz. E garanto que nenhum de vocês *hoje* vai querer ficar no meu caminho...

A figura do herói solitário ainda estava distante. A coragem também.

Mayara Handam estava perto do tanque de alvenaria, onde os dedos sofriam nas lombadas de pedra. O rosto se apresentava mais envelhecido do que deveria, mas há tempos perdera a vaidade. Havia se tornado o mesmo que os homens que guardavam a entrada daquela fazenda: alguém sem futuro, nem desejos, nem cupidez. Contudo, tudo em Véu-Vale é efêmero. E o homem ama tudo o que é efêmero. Mas, de um momento para outro, Mayara Handam descobriu que sonhos são como sementes: quando soterrados, precisam apenas das condições favoráveis para florescer.

– Mayara! – A voz era dele, e ela sabia porque a do filho era idêntica à do pai.

O nome na voz do mais velho era uma condição favorável. Ela não se virou inicialmente, e os dedos tremeram em um misto complexo de pavor e alegria. Ela queria se virar, mas faltou coragem. O cérebro não se fazia perguntas básicas como "quando?" ou "como?". Ela não teve uma resposta imediata de negação. Ela não buscou a análise da gravidade da consequência daquilo. A psique de Mayara Handam simplesmente aceitou aquele momento como se ele fosse real.

– Eu vim buscá-la... *hoje*...

A voz se aproximou dela, quase palpável.

– Gualter...? – Ela deveria ter virado e novamente não o fez. A emoção de falar com alguém da própria família depois de tanto tempo doía mais do que aliviava.

Nove anos. Esse fora o tempo da sentença. O tempo presa como uma condenada, impedida de procurar ou receber a visita dos familiares. Não trocava palavras nem mesmo nas missas de domingo. Não sem despertar o ódio do *outro*. Para o irmão, aquele reencontro entre eles também era sublime. De um lado, Gualter Handam precisava aprender a se expressar em silêncio. De outro, Mayara Handam voltava a aprender a se expressar fora dele.

– O que tu tá fazendo aqui, insano? – perguntou ela, ainda sem se virar, e de olhos fechados, como se abri-los significasse acordar.

– Vim falar contigo.

– É melhor tu ir embora, antes que...

– Eu só saio daqui quando você... – Ele nunca concluiu aquela frase.

Gualter Handam tinha acabado de virar a irmã de frente para si, e o coração gelou. Era inevitável. Óbvio que seria. Ela sabia que em algum momento ele se aproximaria o suficiente, e talvez por isso ela não tenha lutado. Pois era claro que ele não partiria sem olhar nos olhos dela. Sem ver as olheiras. O desgaste. Os hematomas. As marcas roxas.

Gualter parou de falar quando viu ao redor de um dos olhos da irmã a contusão. Assim como a ferida abaixo do lábio. E o inchaço do lado esquerdo da maça do rosto. As feridas nos antebraços. A expressão abatida. E todos os pontos que refletiam exemplos da sombra de um ser humano.

– Ele... – A voz fraquejou e falhou – ... *bate* em você?

Mayara queria dizer alguma coisa. Queria contar desde o início. Contar por quê. Por que não falava com a família. Por que se casara com o inimigo da família. Mas o ser humano é frágil, embora nem sempre pareça. E bastou sentir novamente a fraternidade, mesmo que ainda na mínima porção, para que desabasse em choro no peito de um irmão perplexo. Gualter a circundou com a proteção que apenas os braços dos mais velhos podem conceder e falou na voz mais suave que conseguiu:

– Está tudo bem, querida. Teu irmão voltou e dessa vez ele sabe por quê...

O abraço foi curto. Para Mayara Handam, aquele pareceu o mais longo de todos. E para Gualter Handam, aquele dia estava apenas começando. Se viver ou morrer por uma família representava o sentido da vida de um homem, estava na hora de sua vida fazer sentido.

CAPÍTULO QUARENTA E TRÊS
(a pior lembrança)

Francisco Matagal bebia no boteco de El Diablo como sempre, ao lado de dois dos seus desgraçados. Por trás da cara barbuda e aparência tosca, resmungava o que lhe viesse à cabeça, desde que fosse algo depreciativo. Falaram sobre as jovens que viram crescer naquele vilarejo e agora já reforçavam desejos de luxúria. Falaram sobre tempos antigos e em como isso ou aquilo era diferente no Exército. No céu cinza, a chuva se iniciou e caiu fina, leve e lenta. Aos poucos aumentaria de velocidade. E fúria. Os homens já estavam inquietos. Menos Matagal. O fazendeiro mantinha os olhos vermelhos de embriaguez e um desprezo pela vida que só não era superado pelo tamanho de seu desprezo próprio.

Até que dedos lhe apertaram violentamente a garganta.

Mesas viraram no chão de forma brusca. Copos quebraram. Garrafas se partiram. Fez-se uma orquestra de sons de vidros partidos e madeira arranhando assoalho. El Diablo tratou de contornar o balcão e buscar um porrete, lembrando os tempos de...

ex-presidiário

... leão de chácara. Mas então estagnou.

Pois a cena da qual seria testemunha era épica demais para estar acontecendo.

Como era sabido, as pessoas detestavam aquele homem na mesma proporção em que temiam admitir o ódio. Por isso, ver alguém lhe agarrar o pescoço era muito mais do que uma utopia. Era uma miragem. Uma alucinação. O momento parecia a replicação de quando Matagal apontara uma arma para Mãe Anastácia. Mas era outro. Ainda mais intenso. Ainda mais inacreditável. Ainda mais memorável. Porque era o momento em que Gualter Handam invadia aquele lugar com olhos de guerra e arrastava o fazendeiro manco pelo pescoço para o lado de fora.

Para a terra batida.

Para o leito da chuva.

Batimentos se aceleraram quando um filho de Véu-Vale tido como covarde se tornou um mito. O fugidio havia retornado. E ninguém sabia o que acompanharia esse retorno.

Houve um soco.

A mão se entortou um pouco no impacto e deixaria o punho vermelho depois. Porque aquele homem não era um pugilista. Mas tinha toda a fúria de um. E adrenalina no sangue. Francisco Matagal tombou, demorando para entender a situação. Era o olhar esbugalhado de quem perdeu o controle e tentava absorver. Foi assim que, com o dedo em riste, ele viu o recém-chegado bradar, enquanto a chuva lavava a própria alma corrompida:

– Tu gosta de bater em mulher, *desgraçado*? – perguntou ele, sem perceber que falava como um local. – Pois agora vou te dar a chance de bater em homem!

Matagal ergueu-se devagar e achou graça. Olhou para os dois comparsas que observavam a cena, limpou o sangue escorrido do corte na boca, e ordenou feito jagunço:

– Descarreguem no cão...

O coração de Véu-Vale se apertou, quando viu que mais um dos seus ia morrer. As risadas continuaram, esperando o som da pólvora.

Seria a primeira vez que Francisco Matagal mataria alguém na frente daquelas pessoas. E, talvez pela primeira vez, ele não parecia se importar. Foi quando a risada parou. E de um momento para outro, a graça se tornara apenas desgraça.

– Eu não vou repetir. Que tua corja não pense em...

– Eles não pensam, infeliz! Eles não são gente; eles são serviçais. E serviçais se vendem... pra quem lhes pagar melhor...

Desespero. Os nervos em colapso. Um homem podia passar do estágio de soberba para covardia em segundos, ao perder o controle da situação. Como Francisco Matagal naquele momento.

– Não! NÃO! Moleque desgraçado, tu não vai...

Outro soco. O corpo caiu no chão e nuvens aplaudiram. A chuva apertou. Matagal permaneceu tombado, e Gualter Handam montou em cima do tronco do adversário. Outro soco. E outro. E outro. E outro. E outro. Não sentia a dor dos socos mal dados. Na verdade, no auge do espancamento nem mesmo sentia os golpes. E até sentia prazer.

Já para o espancado, o pior não eram as pancadas, era aquele olhar.

Aquele maldito olhar.

Quando mais um soco lhe arrancou sangue do corpo velho e cansado, Matagal desejou a morte. Assim como quando se tornara um inútil manco, desejava a morte. Queria padecer em combate e morrer de forma digna. Talvez naquela situação, aquilo pudesse ser uma morte honrosa. Só não queria que fosse naquela terra; a terra amaldiçoada e desprezível onde nascera. Diante do povo asqueroso e de homens vendidos e desgraçados. Não haveria, porém, nenhuma salva de tiros, nem cobririam seu caixão com a bandeira nacional.

Mas, que se danasse, ele queria aquela morte mesmo assim. Só que nada em Véu-Vale é tão fácil.

– Bate em mim, Matagal! – berrou ele, ensandecido. – Ou tu só sabe bater em mulher, porco covarde? Cadê teu arrojo agora, desonrado?

Ao redor, sob o cair da chuva, os homens de Véu-Vale, e também as mulheres, aumentavam o cordão de espectadores daquele momento histórico. Daquele círculo. A eles se juntavam os homens que largaram os trabalhos manuais e correram para ver o embate, pois as notícias ruins voam em grifos.

Mais um soco. O nariz de Matagal estalou, indicando a quebra.

O homem urrou, dentre os dentes trincados. Ele tentou mexer os braços para se defender ou bater de volta, mas apenas duas certezas sobraram em mente: uma que não podia mais enfrentar alguém quase trinta anos mais novo e outra que era realmente muito mais fácil bater em uma mulher.

No meio daquele amontoado de pessoas, Mayara surgiu.

Esbaforida.

Suada.

Nervosa.

– GUALTER! –bradou até que o ar acabasse nos pulmões. – Para! Tu não precisa!

– Fica fora disso, Mayara! – Ele apontou para ela, sem fitá-la, porque o olhar fixo era nele. – Isso é muito mais do que só por ti! É muito mais do que só por mim...

Um terceiro Handam apareceu correndo e empurrando os que estavam no caminho. Carlos estancou e observou o fazendeiro odiado no chão, vencido por baixo da figura do irmão mais velho. Aquela imagem se eternizou na memória.

– Quer dizer que o fugidio deixou de ser moleque? – perguntou um Matagal sangrando, mas ainda debochado.

– Já sou moleque crescido, criado por homem de verdade. Homem que *tu matou*, assassino!

As pessoas queriam iniciar um murmurinho ao ouvir em voz alta algo que só era permitido em sussurro. Mas o choque por tantos motivos diferentes as impedia de bradar sobre...

o homem...

... o filho que esbofeteava a face do odiado, e tomava para si um acerto de contas que lhe era de direito, diante dos próprios comparsas vendidos do condenado.

– Teu pai era fanfarrão, moleque! – gritou Matagal na voz esmagada pela chuva.

– Meu pai era corajoso sem precisar de comparsa. Cobrava moral sem puxar gatilho!

Carlos tremia por baixo da pele em arrepio. Era aquilo. A vontade de dizer tudo aquilo. De ofender o assassino e puni-lo com as próprias mãos. A vontade de ser o carrasco...

... que matou o demônio Francisco Matagal.

O que Gualter se tornava naquele momento era mais próximo da figura de um avatar. Um representante dos desejos mais silenciosos e sombrios de toda Véu-Vale. Carlos Handam abraçou a irmã que chorava e com a qual ele há nove anos não trocava palavras.

Aquele abraço também pareceu um círculo.

– Me conta o porquê, Matagal! Ao menos antes de eu te fazer padecer no teu leito, me diz a DROGA DO POR QUÊ! – Gualter erguia o corpo abatido pela gola com as duas mãos, esmagando a blusa do derrotado. A mudança era impressionante. Não apenas o olhar; até a forma de falar não era mais dele. Era do outro. Era...

... seu pai.

... Jerônimo Handam.

– Por quê? Tu quer saber *por quê*, moleque? Pois eu te conto, desgraça! Porque teu pai pegou pra ele o que devia ter sido meu!

Um tapa estalou. Forte como um soco. A chuva lavou o sangue da boca de Matagal, mas o cheiro trouxe o gosto ferruginoso para a de Gualter.

– Meu pai ganhava a vida com o próprio suor – insistiu ele. – E me ensinou que um homem que ganha a vida com o próprio suor não tem por que roubar o suor de outro!

– Pois ele roubou de mim algo muito maior! – gritou Matagal, cuspindo involuntariamente no rosto de Gualter. O cuspe foi lavado pela chuva. – Teu pai roubou de mim a chance de ser feliz, garoto! Ele foi meu rival numa guerra em que eu *não* podia perder!

Gualter o soltou e o corpo tombou. Estava tonto, com náuseas. O estômago embrulhado. A parte de trás do crânio queimando. A maioria das pessoas ainda não havia entendido o que Francisco Matagal queria dizer. Gualter Handam queria sentir ainda mais raiva daquele homem, mas a maior raiva vinha de não conseguir sentir raiva. Só pedia a Deus que também não começasse a sentir pena. Porque ele entendeu.

– Tu era pra ser *meu* filho, moleque! – A voz do fazendeiro fraquejou. – E a cada vez que eu olho pra ti, eu tenho vontade de que tu não exista pra não me lembrar disso! Era *eu*, garoto, era *eu* quem deveria acordar ao lado da tua mãe! Era *eu*! Não ele... era eu... – E o impossível aconteceu. Véu-Vale viu seu homem mais temido e poderoso chorar. – Maldição, era *eu*...

Mayara apertava os olhos e lágrimas jorravam. Ali ela entendera o que seu casamento forçado havia sido.

Uma vingança.

A forma mais próxima de fazer a família Handam sentir o que ele sentira. A chuva se misturava às lágrimas ao redor, que pareciam cair dos rostos há nove anos.

– Era pra ele estar aqui... – disse Gualter na voz trêmula. – Tu quem deveria ter levado o tiro no lugar daquele cachorro... Era ele quem devia estar te dando essa surra...

– Vinga teu pai, menino. Vinga teu pai e acaba com o sofrimento de um homem sem profissão, sem amor e sem família. Tu lembra teu pai, moleque. Tu não fugiu como todo mundo pensou. Tu foi ganhar poder. Poder pra me enfrentar. Agora tu pode tudo, tu compra até meus desgraçados! Vinga teu pai do jeito que tu quiser, pois soldado que é soldado gosta de morrer em batalha.

– Teu destino é morrer só, Matagal. Ao lado da tua lápide, estará só tua frustração, tua culpa e tua desgraça.

Gualter ergueu-se como um guerreiro satisfeito. Como o filho de um deus egípcio que vinga a morte do pai morto nas mãos de um rei de demônios por ciúme e inveja. A chuva ainda banhava os homens e ainda lavava as almas. Descarregava o peso dos ombros. Limpava a escuridão dos recônditos. Gualter abraçou os dois irmãos, tanto ele como ela, e mais uma vez tudo pareceu um círculo. Caminhariam sem olhar para trás.

E então escutaram o clique.

Matagal estava de pé, se esforçando para não tombar. Trazia no punho a arma enferrujada e carcomida. As pessoas ao redor se escandalizaram. A arma do fazendeiro estava apontada para Gualter Handam e aquela cena pareceu uma retrospectiva. Mas então, mais uma vez, o olhar de Gualter estava no dele. Só que dessa vez era diferente. Porque dessa vez não era mais um aviso. Não era mais uma ameaça. Não havia mais ódio nem raiva nem fúria da parte de Gualter Handam.

Dessa vez Matagal reconhecia nos olhos do filho os olhos do pai. Os olhos de...

O homem que matou...

... Jerônimo Handam. Só que o que corria por trás daquela visão era o que mais o chocava. Um vislumbre muito pior do que a morte. Pois era o vislumbre de um olhar que dizia...

Eu te perdoo.

... eu perdoo você.

Aquilo era o insuportável. Ter o perdão...

... em nome do pai...

... em nome do filho.

A dor que acompanhava aquilo era como a de uma bala ricocheteando dentro de um pulmão cancerígeno. Francisco Matagal, em sua vida miserável e sem sentido, até poderia aceitar a morte, só que jamais o perdão. A morte, sim. Jamais o perdão.

– Gualter, ele... – Carlos nunca completou a frase.

– Não se preocupem. Ele não vai atirar – disse Gualter, com o rosto ensopado. – Não em nós...

Os três partiram sem olhar para trás, enquanto o povo abria caminho ante um trinta e oito que apontava para eles. Um cenário bruto, frio e cruel, com sangue, chuva, lembranças e círculos.

E então houve o tiro.

Seco. Violento. Direto.

As pessoas pularam quando ouviram a bala, que manchou o solo de Véu-Vale. Mais uma vez. Francisco Matagal desabou sem vida com um rombo na parte de trás do crânio do tamanho de um ninho de pássaro. Debaixo da chuva. Diante de homens vivos e mortos de Véu-Vale.

Naquele dia, o antigo fazendeiro descobriu que o poder também é efêmero. E que sua lembrança de soberania, pela qual batalhou a vida inteira, seria substituída ao longo dos anos seguintes pela infame lembrança da forma como partira. A figura eterna do homem...

... que se matou.

... incapaz de perdoar os próprios pecados.
 Ninguém perguntara um mísero por quê.
 Foi quando escutaram os gritos.

 E o véu de Véu-Vale se rasgou.

CAPÍTULO QUARENTA E QUATRO

CHOVIA. MUITO, DO TIPO DE CHUVA FORTE, torrencial, que machuca quem é tocado. Aquele era um terceiro dia de chuva, mais poderoso que todos os que já haviam existido em Véu-Vale. Mãos em terços. Clamores a Deus. Poderia ser como nos outros dias sombrios, mas até os dias claros do vilarejo já não eram mais iguais. Quando a luminosidade começou a diminuir e assumir um teor nacarado, a borrasca agitou as árvores embaralhando folhas de diferentes tons. E então aquela noite de repente já não era mais apenas uma noite de chuva. Não era mais apenas uma terceira noite de chuva. Era algo muito mais perigoso.

Era uma contagem regressiva.

DEZ

Um caminhoneiro avançou na estrada esburacada em direção a Véu-Vale. Era o mesmo que entregava as encomendas de Seu Hugo, já que o vilarejo ficava no caminho para muitos de seus trajetos. Não era tarde ainda, devia ser mais que seis horas, quase sete. Ainda assim o motorista deveria ter chegado mais cedo. Deveria. E sabia disso.

Se não havia chegado antes, fora por causa de problemas no caminho envolvendo pneus furados e atalhos em buracos de lama. O seu maior problema, contudo, ainda estava para acontecer. Porque ele estava no início da contagem regressiva. E estaria no final.

NOVE

Padre Paulo mais uma vez estava no altar da capela de Nossa Senhora. Normalmente aquele seria um dia de confissão, e ele estaria pronto para absolver os pecadores. Em dias de terceira chuva consecutiva, contudo, os homens se confessavam em silêncio. Ainda tomado pelo som das gotas se chocando nas telhas ao fundo, padre Paulo caminhou até o sagrado altar. Deu uma última olhadela para o santuário, prestes a iniciar uma longa prece.

E então reparou no espelho.

A pressão arterial se alterou. O sacerdote reparou no próprio reflexo no vidro. Mas não *apenas* no próprio reflexo. Não havia ninguém mais naquele santuário, mas padre Paulo soube que, naquela capela silenciosa e cheia de sombras, tampouco estava sozinho.

No espelho, centenas de vultos de crianças o observavam.

OITO

Pedro "Pregador" Mathias voltava o mais rápido que conseguia para casa. A chuva forte era uma forma de dizer a ele que não precisaria trabalhar naquele dia. Não haveria ser vivo algum naquelas ruas. Pisava em poças de água barrenta que manchava roupas e comichava os pés. A respiração descompassada tentava aquecer o corpo, que tremia em ritmo cadenciado. Friccionava as mãos por cima dos braços e torcia para chegar o mais breve possível a seu destino.

Foi quando viu o gato preto. Imaginou-lhe um nome. [*Tom?*]. Mas depois o esqueceu, pois pior do que a visão do gato era a visão do *dono*. A mesma roupa em frangalhos, o mesmo chapéu imenso na cabeça. A marca de ferida no braço. Era ele. O homem que aparecia e sumia num piscar de olhos. Pedro enfim pôde reparar nos olhos do sujeito e percebeu que eram *revirados*. Olhos fúnebres. Sem vida. Mas que ainda assim olhavam para ele. E Pedro Mathias naquela situação não soube mais o que fazer. Não soube mais se corria. Se falava. Se *gritava*.

SETE

O pequeno Tininho rezava em voz alta ao lado do pai. Perdera a mãe cedo, vitima do que chamaram um *acidente*. Nunca questionara o pai nem pedira detalhes, mas sem dúvidas faria isso um dia, mais velho. Talvez o pai, porém, não lhe dissesse a verdade. Porque um bom filho não pode adorar o assassino da mãe. Não pode acatar justificativas como "ciúme", "traição", "honra" e "vingança". Um filho simplesmente se recusa a aceitar coisas assim. Naquela casa, porém, aquilo mudaria. Porque Tininho ainda afirmava que o *bicho-papão* estava debaixo de sua cama, e que ele ainda se parecia com a mãe falecida. Só que *dessa vez*, a entidade se levantaria e caminharia na direção dos dois. Na cabeça, exibiria um rombo expondo um pedaço de carne que não sangrava e poderia muito bem ter sido feito com um golpe de picareta. E eles, o pai e o filho, poderiam rezar o quanto quisessem, que ela debocharia da oração. Dessa vez, o *bicho-papão* só iria embora quando Tininho soubesse de toda a verdade sobre o "acidente" da mãe. Pois a mãe naquela noite era o bicho. Papão.

SEIS

Dona Sansara nem ouvia a chuva do lado de fora. Estava em êxtase. Cozinhara seus melhores pratos. Vestia a melhor roupa e sentia-se a mulher mais viva do mundo. De fato, tinha motivo suficiente para isso.

Não era todos os dias que o filho desmorto aparecia para jantar.

CINCO

O pequeno Daniel entrou no quarto chorando e pedindo mais desculpas ao pai do que era possível conceder. Explicou o pequeno Daniel que havia dito *diacho* vezes demais. Dizia também que o diacho tinha pinturas vermelhas no rosto, dentes amarelados, argolas de metal ao redor do nariz e das orelhas, e caminhava descalço e seminu. O pai tentou explicar a Daniel que havia inventado aquela história, assustadora, é verdade, mas ainda assim uma história, para ajudar na educação do filho. Mas descobriu que não tinha muitos argumentos. E também que sua história era muito mais assustadora do que ele previra. Pois o *diacho*, bom, o diacho estava ali em sua sala, e com uma expressão irritada. Foi desse jeito que, quando as sombras que não eram nem do pai nem do filho dançaram nas paredes, o mundo escureceu.

QUATRO

Os olhos de Tales, o filho de Dona Lurdes, estavam vazios enquanto ele franzia a testa em caretas diabólicas e xingava a mãe em um idioma desconhecido. Não havia tempo nem coragem de chamar padre Paulo. Além do mais, Dona Lourdes estava paralisada em seu sofrimento indescritível de mãe viúva. Porque, agora, ela podia vê-los ao redor dele. Podia vê-los *brincando* com o corpo do filho feito uma marionete. O seu herdeiro de sangue. A sua pobre criança. O seu inocente possuído.

TRÊS

Dois colegas de Matheus descobriram que o garoto falava a verdade: Joana D'Arc havia mesmo sido enforcada.
Eles também viram.

DOIS

Carolina Handam resolveu fazer um desenho. Usou apenas giz vermelho e pintou a folha inteira de cabo a rabo.
– O que é isso? – perguntou a mãe quando viu.
– Véu-Vale.

UM

O caminhoneiro acelerou com o limpador de para-brisa ligado e os vidros fechados embaçados. Passou a manga da blusa no lado interno do vidro para tentar melhorar a visão, torcendo para não ficar atolado novamente. O rádio do veículo era apenas um chiado contínuo. Trocava de marchas e tentava manter a velocidade reduzida, pois estradas como aquela eram tão cheias de desníveis que o eixo da carroceria poderia arrebentar, prejudicando a entrega da carga. E matar o motorista.

Pensou na mulher e nos doze filhos. Fazia um mês que não os via. Um mês, mas seria por pouco tempo. Quando terminasse aquele trabalho tiraria férias. Descansaria com a cabeça fria. Torcia por isso quando viu alguma coisa na estrada que lembrava um animal distorcido por causa do vidro. Lembrou da esposa mais uma vez. Lembrou do filho caçula, que tinha o mesmo nome que ele. Passou a manga de novo na parte interna do vidro. O animal pareceu se colocar de pé na estrada, a visão embaçada do para-brisa o mostrava parado adiante, numa atitude suicida. Arregalou os olhos. Não, não era um animal. Era um *homem*. Ou parecia com um homem, que lembrava um animal. Foi então que a *criatura* começou a gargalhar e, de dentro do caminhão com vidros fechados, ele conseguia *ouvir*. Apertou a buzina com o máximo de força que conseguiu. A gargalhada se tornou estridente. Então o caminhoneiro sentiu o cheiro forte. Uma das narinas explodiu em sangue. E a coisa gritou enfim, desafiando a sanidade. Batimentos entraram em taquicardia. O breque pareceu distante. Ele se preparou para o choque. O sangue do nariz molhou as calças. Tentou desviar o veículo violentamente no último momento. O desnível da terra, porém, foi cruel e virou a carroceria de toneladas como um brinquedo. A roda subiu ao bater em um buraco, e o veículo entortou. O barulho da queda e do destroçar dos metais abafou o dos gritos. A morte se juntou ao sangue e à chuva. E, em um único momento, doze crianças ficaram órfãs.

ZERO

A chuva em nenhum momento diminuiu.

CAPÍTULO QUARENTA E CINCO

Gualter estava no quarto que fora dele e do irmão falecido, César, quando escutou o primeiro grito. O cheiro nunca havia sido tão forte. O sangue na boca nunca havia sido tão intenso. Abriu a gaveta do criado-mudo e apanhou o terço. Uma mariposa voou pelo quarto em busca da iluminação fraca. Aquilo lhe chamou a atenção.

Em algumas culturas, mariposas remetiam a estados sobrenaturais.

Começou uma oração com o terço em mãos. A reza *também* funcionou como um resgate de memórias. Reconheceu o medo, a angústia, o trauma. Reconheceu a insegurança. Que se danasse a máscara naquele momento; desde pequeno se sentia inseguro, muito longe da figura forte do falecido pai. O mundo girou, a vida deu voltas e ele percebeu que era mais do que a vítima.

Tu lembra teu pai, moleque.

As palavras de Francisco Matagal chacoalhavam. De súbito, escalando de dentro para fora, como patas de aranha lhe rasgando as emoções, suas partes mais frágeis começaram a quebrar. Porque Gualter Handam não se sentia um bom filho, nem um bom irmão, nem um bom amante. Mesmo a única certeza que tinha sobre si, de repente se perdera, pois nem um bom profissional conseguia mais sentir-se. A única coisa que conseguiu sentir naquele momento foi o ânimo traiçoeiro de um homem que evitava as próprias batalhas.

Tu não fugiu como todo mundo pensou. Tu foi ganhar poder.

Um homem que se perdera na busca. Um homem que se assustava ao se entender. Ao entender seus motivos.

Pra me enfrentar.

Gualter se sentiu a criança. Sem as muralhas. Sem a pressão. Sentiu-se guiado por um mapa que o levava de volta ao início. E foi aí que ele chorou. Sem saber explicar o porquê. Sem precisar explicar o porquê. Ele se dava esse direito. Chorava feito chuva. Feito um homem que sentia saudades do pai. Do lado de fora vinham os gritos, mas o incômodo dessa vez lhe pareceu menor que as angústias que lhe tomavam o peito e que desta vez se permitia extravasar. As mãos trêmulas continuaram avançando pelo terço, e pouco a pouco o choro dele aumentou, mas a sensação foi de alívio. Uma sensação de que...

... agora tu pode tudo.

... talvez Matagal estivesse certo. Talvez. Em algum lugar dentro de si sentia-se a águia que arrancava as próprias penas e as próprias garras, e então esmigalhava o próprio bico contra a pedra, para ver-se renovar.

Não queria (mais) não ter medo. Queria simplesmente *admitir* que tinha medo. E chorar feito chuva. Queria renascer. Escutou novamente o grito. E foi então que entendeu.

Adiantou-se correndo e abriu a porta da casa de pau a pique em meio aos olhares assustados dos irmãos, que também oravam. Carlos correu atrás dele. Na chuva. Gualter avançou descalço e a água lhe caiu forte sobre o espírito. Observou o céu escuro e viu luz. Escutou o grito que vinha como um rosnado e não sentiu medo. Ele correu pelo vilarejo e *os* viu pelo caminho. Viu os vultos, que eram índios, pintados e armados para a guerra. Estavam por toda a parte, mas Gualter Handam não dedicou muita atenção a eles. Em vez disso, saltou em um amontoado de pedras no centro do vilarejo, fechou os olhos e abriu os braços. Escutou mais uma vez um dos gritos de um terceiro dia de chuva de Véu-Vale. Foi quando encheu os pulmões e gritou de volta.

Carlos chegou em seguida, ainda em receio.

– Gualter, tá maluco? – Ele se esgoelou. – Não se responde ao grito!

– Agora eu entendo, Carlos. Agora eu *finalmente* entendo!

Parado diante dele com os olhos fechados como quem sonha, a expressão de paz e os braços abertos de um homem livre, Gualter pareceu ao irmão novamente o herói que ele sempre quis ser.

– Não é um grito, meu irmão. É um *chamado*.

O céu rosnou a descarga elétrica. Naquele vilarejo rodeado de espíritos, a chuva continuou a abraçar os dois irmãos cada vez mais forte.

Aquele abraço pareceu um grande círculo.

CAPÍTULO QUARENTA E SEIS

— Ontem o 'Véu' foi rasgado, não foi?

— Interessantes teus termos... – disse o velho índio, talvez surpreso. Talvez não.

— Não são *meus*... – disse Gualter. Houve uma pausa. – Mas eu já sei.

— Sabe o quê, Cajamanga?

— Eu sei o que acontece em Véu-Vale.

— E o que acontece em Véu-Vale? – A situação parecia uma inversão da relação psicólogo-paciente.

— Um *nodo*. Raciocine comigo: levando em consideração que eu acreditasse em tudo isso por um momento, existiriam linhas de... como eu poderia dizer...

— *Energias*?

— Certo – aceitou ele com uma careta, como se o termo fosse pobre. – Linhas de *energias* místicas que percorreriam o planeta. Você me entende?

— Mais do que você acredita.

— Daí o interessante dessa informação... seria então que teriam de existir determinados locais em que essas linhas de energia se cruzassem, e o fluxo disso consequentemente se intensificasse. Isso seria um nodo, correto?

– De certa forma.

– Claro que sim! 'De certa forma...' – ele debochou do Antigo. – Mas aí está o mais importante dessa informação: eu acho que isso acontece em Véu-Vale... – Uma pausa, esperando uma correção. Não aconteceu. – Eu acho que aqui, exatamente neste vilarejo, tem um nodo.

– Cajamanga, deixa eu falar pra ti um pouco sobre isso... – O índio colocou a madeira que servia de vara de pesca sobre as pernas dobradas e olhou para Gualter. – O que tu disse parece com a verdade, mas quando tu fala parece mais complicado. Gente que nem eu...

– Índio?

– Sim, mas mais que isso.

– Xamã?

– Sim, mas também...

– *Antiga?*

Um sorriso. Dos dois lados.

– *Gente que mexe com espíritos...* costuma identificar onde a presença de energias místicas é mais presente. Por isso o...

– Como vocês identificam?

– Sentindo. Como tu sente que está frio quando está frio. Gente que nem eu sente a presença mais forte das energias quando elas estão mais fortes. Isso parece difícil de entender?

– Não. Mas é que você tem a mania de simplificar demais as coisas.

– Pensei que era tu que complicava.

– Claro que não! Deixe de ser palhaço...

– O que é um palhaço?

– Um 'palhaço'? – A pergunta, fora do contexto, não era tão simples. – É um sujeito que pinta o rosto, usa um nariz vermelho e veste roupas coloridas.

– Eu pareço com isso?

– Não, porra! É que o palhaço faz graça.

– Eu sou engraçado?

– Para de me deixar louco, índio do inferno! Volta ao que a gente estava falando...

– Mas não foi tu quem falou de eu parecer com um homem pintado com rosto vermelho?

– Foi, mas já passou, cacete! Volta ao que estávamos falando!

– Sabe o que me lembra um homem com rosto pintado de vermelho?

– Eu mereço... – Um suspiro. – O que isso te lembra?

– Um homem que vai pra guerra.

Gualter parou de rir.

– Um homem que aceita um chamado pra guerra?

– E muito mais do que isso.

– Os antigos altares de sacrifício indígenas eram feitos em cima de nodos, não eram?

O Antigo fez uma pausa antes de responder. Como se gostasse daquilo.

– Se tu quer falar com os deuses, o ideal é que seja onde eles estiverem mais presentes.

– Então Véu-Vale é mesmo um nodo?

– Não toda Véu-Vale.

– Eu sei – disse ele, com a firmeza de um homem mais sábio. – O nodo é *ela*. Como se tem acesso a *ela*, Herbster? Como se acessa *de verdade*?

– Alguns precisam de *gatilhos* para abrir as próprias portas; alguns precisam da morte; alguns apenas do sonho desperto. Independentemente do meio, existe sempre um lema: quando tu entra, o corpo fica; o espírito avança.

– Isso me leva a outra teoria...

– Sobre o quê?

– Véu-Vale. Sobre o que acontece. Sobre... você sabe... *aquilo*...

– Os gritos de Véu-Vale?
– Sim. Eu agora sei o que eles são. Quer ver?
Gualter pegou uma pedra e atirou no lago.
– Repare que quando eu lanço a pedra, os círculos são reflexos indiretos da onda provocada.
– E o que isso tem a ver com Véu-Vale?
– Se Karkumba é um nodo, e seja o que for que aconteça de psíquico nessa região do vilarejo venha de lá, então Véu-Vale é um reflexo indireto. O que acontece aqui é um eco. É por isso que o fenômeno se repete em outros locais. É tudo a porcaria de um eco.
– Mais uma vez acho que tu complica, mas é interessante ver que aprendeu alguma coisa.
– E se para tudo isso acontecer fosse preciso uma matéria-prima? E se a matéria-prima para os fenômenos viesse realmente das próprias pessoas?
– E de tudo que é vivo...
– E de tudo que é vivo. Então aí estaria correta a ideia que o mundo varia conforme o modo de observação das pessoas em relação a ele. De que seria necessário apenas um *gatilho* para acessarmos regiões inexploradas do cérebro. Tá me entendendo, Herbster? É como psicologia! Se nós temos a causa do problema, nós podemos reestruturar o que está errado!
– Então tu acha que pode acabar com os gritos?
– Para isso seria preciso que as pessoas parassem de acreditar. Mas isso me lembra o que você disse outro dia: você *come porque tem fome*.
– Isso é impressionante?
– Isso leva ao raciocínio de que as pessoas sentem medo por instinto! Elas não acreditam nisso porque querem, mas porque *já está* dentro delas! Deus, eu posso querer não acreditar nisso, mas ainda sinto o gosto de sangue ao menor contato com esse cheiro. E isso me contorce aos poucos.

— O espírito de todo mundo se quebra em algum momento, Cajamanga.

— Sim. Então é preciso alguém que os colete.

— Para quê?

— Para haver a religação.

O índio voltou a observar o lago.

— Há um jeito. Há um jeito e tu sabe disso — insistiu Gualter.

— Sei.

— Só resta uma solução — uma pausa, como se admitir fosse maior do que o próprio fardo. — Alguém precisa *vencê-la*. E acho que sou eu quem devo.

— Por que você?

— Porque eu não voltei aqui à toa! Véu-Vale *me chama*. Esteja onde estiver, eu consigo escutar o chamado.

— Tu conhece as regras — disse o Antigo com seriedade. — Vá somente à noite...

— Com os pés descalços, a coluna ereta e o coração sem guarda.

Gualter Handam se levantou e fez uma reverência ao índio. Como um discípulo reverenciando um mestre. Como um filho reverenciando um pai.

— Eu vou *enfrentá-la, pai*. E vou *vencê-la*. — Ele fez uma pausa, aceitando o que havia dito. — Está mais do que na hora de eu admitir que eu *sou* Véu-Vale.

Depois que Gualter Handam partiu, o antigo olhou para o céu acinzentado e abriu os braços. Enfim aquele filho havia compreendido.

CAPÍTULO QUARENTA E SETE

VÉU-VALE CAIU EM SILÊNCIO. Depois *daquele* dia, os homens do vilarejo não mais caminhavam sozinhos pelas ruas. Ao lado, sempre havia alguém, parado, correndo, observando. Gritando. Não havia mais escola. Não havia mais trabalho. Não havia mais paz. Se em Véu-Vale tudo o que nascia, ali nascia do solo, então o que padecia vinha dos céus. E de tudo o que descia dele. E de tudo o que descia com ele. Contudo, os desmortos tratavam a tudo com indiferença. Ecoavam cânticos; andavam em fileiras; oravam a seus deuses. Como se Véu-Vale estivesse ali, mas não seus moradores. Ou como se fossem eles os verdadeiros moradores. Falavam em tupi-guarani e estavam sempre irritados. Muitos pareciam feridos. Algumas feridas eram expostas; alguns rostos estavam cobertos de sangue. E assim eles tomaram o vilarejo, bateram nas portas, sacudiram telhados, derrubaram vidros, viraram cadeiras e acusaram os vivos de crimes que ninguém se lembrava. A luz de chamas projetava formas nas paredes, reflexos apareciam nos espelhos. Não havia mais diferença entre o plano etéreo e o plano material. Ainda assim, as notícias corriam. Os homens e as mulheres e as crianças simplesmente sabiam que mais um filho de Véu-Vale tentaria, ou morreria na tentativa. A decisão tomada por Gualter Handam em pouco tempo percorreu o vilarejo e atiçou algo dentro não apenas dos moradores, mas também dos *outros* moradores.

– Você vai mesmo enfrentá-la? – perguntou ela em meio à chuva fina.

– Eu vou, Mariane – disse ele, acrescentando o nome dela na frase simplesmente pelo prazer de repeti-lo. – Nunca tive tanta certeza disso.

– Você sente medo?

– Todos os medos de Véu-Vale juntos.

– E por que seguir com isso?

– Porque todos têm um futuro, mas poucos um destino.

– Gualter... – Ela ia dizer alguma coisa, mas fraquejou. Não deveria, mas amava aquele homem, ou o amara um dia. Mariane Muniz fez de tudo para esquecê-lo, mas ele nunca foi embora. Faria força para ignorá-lo, mas imaginar perdê-lo era dilacerante.

Ambos estavam em seu território. Era o monte arborizado, que os adolescentes amantes tomavam para si. O mesmo onde as árvores carregavam nos troncos as algemas de amor que uniam dois espíritos. Caminhar por ali para aqueles dois era bom, mas também arrepiante.

Bom porque relembrava momentos em que corações batiam tranquilos.

Arrepiante porque inúmeras vezes viam casais de namorados que simplesmente não deveriam mais estar ali.

– Mas e se você...

– Eu deveria estar morto, Mariane. Um carro deveria ter me esmagado em um acidente do qual fui salvo...

– Salvo *pelo quê*? – perguntou ela, surpresa.

– Pelo que me chamou até aqui.

Ela o observou sem saber o quanto estava convencida daquilo.

– Por que tu me trouxe aqui? – perguntou ela.

Enfim chegara o momento. Ele sabia que chegaria. Ela também.

— Porque eu lhe devo isso.

Eles pararam diante de um carvalho imponente. Nunca uma árvore qualquer. A mesma que muitos anos atrás ele havia marcado com um canivete. A árvore deles. Ali permanecia até mesmo o desenho do coração que Mariane fizera. O mesmo desenho. O mesmo desenho apresentado em vermelho e laranja pela irmã caçula Carolina Handam.

— Gualter... eu não queria...

— Nem eu. Mas é preciso.

— E por que é preciso?

— Porque para enfrentá-la, eu preciso estar com o coração sem guarda. — Ele segurou as mãos dela. — Sabe, eu fui embora daqui e deixei muitos círculos abertos. Acredito que fechei todos que precisava com a minha família. Mas falta um...

Ela não queria ouvir a frase. Não daquela forma.

— Falta você.

— Eu... — Era visível o esforço de Mariane para não chorar. Ela apertou os dedos dele.

— A gente pretendia casar, lembra? — disse ele sem soltar a mão dela. — Batizar o filho na capela, construir a nossa própria casa. As pessoas diziam... como era mesmo? Que o coração de um havia nascido para abastecer o do outro...

Ela se mantinha abraçada ao vazio. Sem resistir, chorou e não parecia mais saber o que era choro e o que era chuva. Ele olhou para os nomes nas árvores apenas para não olhar para ela e conseguir terminar de dizer:

— Até que *eu fugi*. Sem despedidas. Sem avisos. Sem olhar pra trás.

— Pare com isso, por favor...

— Você merece, Mariane. Mesmo depois de todos esses anos, você tem esse direito.

O silêncio se desabraçou dela. Mas ainda permaneceu por perto.

– Vai, faz a pergunta... – intimou ele.

A boca dela se abriu. Nenhum som foi emitido.

– Faz a maldita pergunta que você deve ter se feito todos os dias durante quase dez anos...

As lágrimas não diminuíram. O silêncio se afastou de vez.

– *Por quê*, Gualter? – disse ela, trazendo anos retidos em uma linha. – Por Deus e todas as forças divinas, me responde agora: *por quê?*

– Porque do contrário eu não teria ido.

Os olhos dele não mentiam. Os dela, também não. Foi assim que ela se entrelaçou nos braços dele e ele a apertou mais forte para si. Os corpos permaneceram unidos, como se os corações se abastecessem, e aquele foi o melhor beijo de sua vida.

Pois foi a sua última lembrança resgatada.

A chuva, que havia voltado a apertar, pareceu diminuir de intensidade para se colocar como coadjuvante. Gualter tirou do bolso um canivete. Não era o antigo canivete, mas aquilo tinha um significado. O peito dela doeu. O estômago revirou. As pernas bambearam. A presença da lâmina significava que ele precisava se desvincular. Provavelmente havia alguém a amar. Alguém que o amava. Como ela o amava, ou o amara um dia. Se toda história tinha um desenlace, o deles havia enfim chegado.

Atrasado.

Mas chegara.

E foi assim que Mariane Muniz pegou a pequena lâmina e riscou o nome dele na árvore com a certeza de quem não desejava, mas sabia o que estava fazendo. Chovia em seus olhos. E então o nome dela foi riscado. Aquela era a despedida que ela nunca tivera. A separação oficial. O rompimento do laço.

– Adeus, Mariane – disse ele baixo, e com a voz rouca. E partiu, o espírito sendo lavado pela chuva.

No caminho, o anel foi colocado de volta ao dedo. O último círculo havia sido fechado.

Chegara enfim o momento de *enfrentá-la*.

CAPÍTULO QUARENTA E OITO

Gualter entrou em casa e recostou a bicicleta na parede. A chuva havia parado. A mãe o esperava. Carolina, porém, foi a primeira que veio a seu encontro.

– A bênção, irmão...
– Deus te abençoe, querida.

Ele então se aproximou da mulher para a qual Gualter Handam nunca havia crescido. A mulher para a qual ele simplesmente sempre fora grande.

– Quanto tempo tu carrega, meu filho? – perguntou ela na voz calma.

– O suficiente para as melhores lembranças...
– Então, ao final, escute o som do tempo.

Ela sorriu. Seria mentira dizer que, apesar do medo, ele não a imitou. Mayara apareceu e o abraçou sem conseguir falar. Era uma sensação única. Tanto tempo sem se ver, e ainda assim pouco que precisava ser dito. De fato, se expressar em silêncio era de família.

Restava Carlos, o isolado. Ele se mantinha afastado, parecendo envergonhado. Gualter fez menção para que se aproximasse.

– Se eu perder, você é o homem da casa.

O irmão fechou os olhos, mas assentiu. Já havia perdido o pai. Já havia perdido o irmão do meio. Não aguentaria perder aquele. As mãos dos dois se apertaram forte.

– Tenho orgulho de ter teu sangue, Gualter.

– Graças a Deus, rapaz.

Pedro "Pregador" Mathias se aproximou, vindo do portão. Trazia nas mãos uma tocha e nas costas uma mochila.

– É hora de ir, Gualter. *Eles* estão esperando.

Ao fundo, havia vultos no portão.

– Quer mesmo ir comigo, Pedro?

– Um acendedor sempre ilumina seu caminho.

Gualter riu, montando na velha bicicleta. Esperou Pedro ajustar-se à garupa com uma das mãos, enquanto erguia a tocha com a outra. Passaram pelo portão da casa e *eles* correram atrás deles em gritos, acordando Véu-Vale. Ainda além da escuridão, no meio dos vultos indistinguíveis, durante o trajeto sombrio, Gualter jurou ter reconhecido os olhos de Francisco Matagal. Cruzou aquele vilarejo deserto como um general de exércitos insólitos, e em cada janela de cada casa que passava havia um olhar diferente daqueles de infância.

Porque naquela noite, em cada pedalada ele carregava o coração de alguém.

Os índios exibindo ferimentos seculares lhe abriam passagem feito um homem santo, e, por mais ambíguas que fossem suas expressões, mesmo eles pareciam cansados. Cansados daquilo. Cansados das sombras. Era o espetáculo mais emocionante da existência de Gualter Handam.

De repente, a rua de terra escura se tornou brilhante. As pessoas haviam saído de suas casas e se posicionado à frente das residências. Todas carregavam serenidade nos olhos e esperança nas expressões. Nas mãos, o fogo, de infinitas tochas, iluminou por uma noite todo um vilarejo, queimando o véu que o sobrepujava.

Pedro Mathias se maravilhou ao observar a rua de fogo, com centenas de moradores saudando e iluminando o caminho de seu herói maior. A cena lembrava quadros que nunca tinham sido pintados. A queima do Véu possibilitava a visão de dois lados de um mesmo desejo. E fosse de quem fossem as feições iluminadas naquele instante, todas elas demonstravam saber que aquela noite nunca seria igual a nenhuma outra.

Gualter Handam não sabia se era ele aquele herói que esperavam, mas sabia que não havia mais volta na tentativa de se tornar um. Fosse dos vivos, fosse dos mortos, os espíritos quebrados daqueles indivíduos já eram seus. Como sempre haviam sido.

Era ele o coletor de espíritos.

Todos os homens e mulheres têm um futuro.

A frase ecoava quando Pedro Mathias enfim compreendeu que Gualter Handam naquele momento intenso, e naquela jornada de redenção, não representava Véu-Vale.

Poucos, um destino.

Ele *era* Véu-Vale.

Eles passavam por entre os moradores e eles lhe entregavam seus espíritos. Entre um mar de boas intenções, havia pessoas derrotadas, destruídas, injustiçadas, arrogantes, apáticas, mesquinhas, criminosas, julgadoras. E Gualter Handam podia ver naquele trajeto...

*o ex-presidiário, que ganhava a vida
servindo pingas a bêbados suicidas.*

*o padre acusado de molestar coroinhas, enviado
a uma capela de fim de mundo.*

aquele que renegara seu sangue.

o eterno e pacato subserviente.

um homem que sente o gosto de sangue em dias de chuva.

... espíritos que pediam e mereciam uma segunda chance.

Pedalaram no meio deles e a cada vez que passavam pelas pessoas, elas fechavam o caminho deixado para trás e os seguiam. Como fiéis religiosos.

Como círculos na água.

Como abelhas após uma dança.

Uma marcha coletiva erguendo centenas de tochas seguiu na direção *dela*. A caminhada desenhava lembranças. Ao longo do caminho, a estrada de terra, poeira e semiescuridão se rendia à ternura de homens de espíritos puros que não sabem se seus destinos fazem sentido à razão, mas ainda assim precisam ser cumpridos.

Quando Gualter chegou ao mesmo local onde parou o conversível (de que pouco lembrava) da vez em que estava com Marina (da qual jamais se esquecia), ele se preparou para o que precisava ser feito. Ao redor, apenas o mato alto que titubeava ao toque da chuva e do vento.

– Trouxe? – perguntou a Pedro.

– É claro.

Pedro abriu a mochila e retirou o facão. A marcha de pessoas atrás observou o quanto *ela* estava perto.

– Se tu entrar mesmo, Gualter, não há mais volta – afirmou Pedro.

A lâmina zuniu. Gualter Handam se enfiou no meio do matagal em direção ao nodo. Atrás dele, seus espíritos fizeram o mesmo.

– Pedro, me diga uma coisa... – A expressão era de quem só então havia se dado conta de algo que deveria ter pensado havia muito tempo. – Você se lembra de quando voltei e você me falou sobre Herbster e a história da madeira que se deixava queimar, buscando iluminar a vida de alguém?

– É claro.

– Por que você falou 'dizia isso', como se Herbster não estivesse mais presente?

Pedro pareceu mais surpreso do que deveria.

– Porque desde que tu partiu de Véu-Vale após o infarto de tua mãe, ele nunca mais foi visto.

Gualter manteve a expressão do homem que tenta compreender algo maior do que si. Depois continuou seu caminho sem saber dizer se estava surpreso.

Ao fundo, *eles* os observavam, mas dessa vez não havia gritos. Não havia nem um único e mísero brado. Só restava o silêncio. E os pensamentos. E os sentimentos. Véu-Vale se calara. Quando chegaram ao cemitério indígena já era perto de meia-noite. Era possível sentir uma verdadeira legião de guerreiros indígenas prestes a ver o sacrifício a uma deusa local. E uma legião de acendedores capazes de iluminar uma escolha sombria.

Gualter enfim olhou para *ela* de frente.

Karkumba.

Ele retirou os sapatos e sentiu a terra molhada. E sentiu que ela esperava aquele momento tanto quanto ele. Atrás de si, rostos tensos recebiam luzes trêmulas que lhes lambiam a face e conferiam aspectos fantasmagóricos, lembrando um exército de terracota. Sentia-se como um títere; um boneco cujas cordas eram comandadas por forças ocultas. Uma marionete conectada aos fios de prata de centenas de moradores de um vilarejo que era ele. Ainda escutando o crepitar das tochas, sentiu os espíritos atrás de si.

E subitamente viu seu mentor à frente.

Aproximando-se aos poucos, caminhando devagar, o velho índio parou diante do ajoelhado e pareceu muito maior do que já era. Um vilarejo que há tempos não o via sentiu o poder que corria na presença do protetor. O Antigo agitou chocalhos, falou com entidades em línguas silenciosas e o fez beber receitas a base de cipó, que chamou de *cipó do homem morto*. A primeira benção daquele coletor fora a da mãe. A última, seria a do *pai*. Era assim que o vilarejo estava pronto. Ainda ajoelhado, ele baixou a cabeça. Deu corda no velho relógio que lembrava a mãe e as boas memórias. Fechou os olhos e limpou os pensamentos. A respiração ficou leve. Manteve-se estático e à espera. A chuva continuou a abraçá-lo. E ele sentiu a parte de trás da cabeça *queimar*.

O trovão ressoou ao mesmo tempo em que houve a permissão.

A partir dali, o coletor de espíritos estaria sozinho.

Foi assim que algum tempo se passou. Talvez muito. Não importava. A verdade foi que quando ele abriu os olhos, o mundo já era diferente. As juntas não doíam mais. Os ombros não pesavam. Os pulmões não engasgavam nem o estômago fervia. À frente, ainda havia a entrada *dela*. E tudo o que isso representava. Ergueu-se, e o mundo pareceu menos denso. Ele caminhou, e a velocidade do mundo pareceu errada. Os sons eram mais intensos. As cores, mais sutis. Até mesmo o som dos trovões não parecia exatamente igual, embora ainda assustasse.

Observou as mãos e se sentiu diferente. Olhou para trás, sem saber se deveria tê-lo feito e o coração – o que quer que aquilo significasse – bateu mais forte. Por uma justa razão.

O corpo fica.

Ajoelhado, ele viu o próprio corpo ainda de cabeça baixa.

O espírito avança.

E as centenas de espíritos unidos ao seu.

Alguns índios se posicionaram ao lado da entrada *dela* e fincaram lanças na terra. O coletor de espíritos compreendeu.

Se tu entrar mesmo, Gualter, não há mais volta.

Ele entrou.

CAPÍTULO QUARENTA E NOVE

A PRIMEIRA SENSAÇÃO FOI de curiosidade, não muito diferente da de um sonhador. A diferença era apenas que o viajante estava consciente. Ele *se via*. Como se fosse um filme ou um avatar de um jogo eletrônico. Como se fosse um *simulacro*. Estava descalço e no estado em que se encontrava tudo era maior e mais intenso. Sombras dançavam a valsa da morte. Pedras roçavam na sola dos pés e o fizeram cambalear. Gualter escutou o barulho de gotas. Em algum lugar, morcegos irromperam do sono com a chegada da luz de sua tocha. Se é que realmente carregava uma tocha, e, se carregava, se é que ela realmente emitia alguma luz. As gotas aumentaram de intensidade. Se perguntou se Tobias havia passado por aquilo. Se o irmão César havia passado por aquilo. Se ele passaria por aquilo. A queda sequencial das gotas começou a lhe dedilhar as cordas do sistema nervoso. Resolveu procurar o motivo do incômodo. Foi quando começou.

As gotas eram de sangue. Com cheiro de sangue. Elas caíam do corpo – ou espírito – de um deles, suspenso nos galhos de uma árvore em crescimento. Gualter sentia sua agonia. As gotas caíam da boca e nariz. Mas a pior visão era a do sangue que escorria dos olhos, pois não caía em gotas. Porque não havia olhos. Escorregou em sangue. O estômago dançou uma batida eletrônica, querendo reter um alimento que não existia. Colocou a mão na boca. Deixou a tocha cair. Foi assim que a penumbra percorreu o ambiente úmido, trazendo o som do zunido do vazio. Escutou o choro de uma criança. Tateou no escuro, arfando. Os olhos abertos, buscando uma fonte de luz. Escutou crepitares de fogueira. Seguiu o calor e descobriu que o crepitar vinha na verdade de um incêndio. Fogo que queimava palha, e palha de oca. Oca de índio, dono da terra. Gualter Handam tremia sem saber direito por quê. Escutou algo ou alguém atrás de si. Ergueu-se em dois tempos, mas não enxergava mais. Não enxergava! Escutava o choro, o crepitar. Sentia o medo e o fogo, mas não conseguia vê-los, e aquilo foi lhe dando vontade de gritar. Começou a tremer os braços e a coçá--los de leve. A mandíbula iniciou um bate-estaca. A unha penetrou na epiderme e deixou marcas que ele não conseguia ver. O queixo rebolou como se tivesse ancas. Se havia hora para perder a sanidade, era aquela. Sentiu ovos dos vermes eclodirem dentro do sistema nasal e caminharem na direção da saída das narinas. Gritou como um ensandecido. E viu Anastácia Handam durante o grito. Foi um vulto. Um flash. Mas ele viu a mãe segurando um terço, e aquilo foi impactante. Sentiu a presença dela de uma forma que não se explicava, só se sentia. Em algum lugar, aquela mulher estava influenciando sua jornada.

Ave, Maria, cheia de graça.

Ele escutou a própria mãe.

Bendita sois vós entre as mulheres.

Ele escutou a mãe.

Ave, Maria, cheia de graça.

Ele escutou a mãe de Véu-Vale. Como escutava o som do tempo que a lembrava. Por um momento, os vermes deixaram de existir ou, se *ainda* existiam, ele não os percebia mais. Ergueu-se ainda cego, mas caminhou na direção da voz que orava.

Bendita sois vós entre as mulheres.

Outro flash. Viu a mãe segurando um terço, mas agora viu também a casa de pau a pique. A *bendita* casa de pau a pique. A *sua* casa de pau a pique.

Bendito é o fruto do vosso ventre.

– Mãe...

O toque foi intenso e ele se sentiu pleno. Em algum lugar daquele plano escutou outra voz conhecida reverberar bem ao fundo a Oração de São Francisco, como um eco, mas ele continuou andando. A luz começou a tomar conta de uma parte do ambiente, enquanto ele seguia a voz materna. Esbarrou em alguém, mas ainda não conseguia distinguir vultos. Não estava mais impedido de enxergar por completo, mas via apenas borrões, que já aliviavam o estado de quem estava no breu.

– Quem está aí? – perguntou ele ao ser esbarrado.

– Continue... – foi o som de uma voz feminina, mas não maternal.

A consequência foi uma explosão de sentimentos.

– Quem está aí? – insistiu ele.

– Mais devagar. Tempo é o que você mais tem. Ao menos aqui.

– Quem... como é que.... – As faculdades mentais estavam com dificuldades para formular as perguntas corretas. Mas compreenderam que não adiantava o desespero onde o pensamento comandava. – Eu estou cego...

– Se você está, então você pode mudar este estado.

– Como?

– Merecendo.

Uma pausa.

– Vamos prosseguir.
– Para onde?
– Para onde deve ir.
– Você irá comigo?
Talvez a pergunta fosse um receio. Talvez uma súplica.
– Até onde puder.
Caminharam. Os borrões já começavam a ganhar formas ainda desfocadas, mas reconhecíveis, como uma imagem de televisão mal sintonizada.
– *O que* é você? – Ele tomou coragem para perguntar.
– Eu sou você.
A frase incomodava porque lhe lembrava o Antigo. O Antigo que vivia nele. O Antigo que era ele. O Antigo que sempre seria ele.
Está mais do que na hora de eu admitir que eu sou Véu-Vale.
Gualter detestava...

o homem que falava com espíritos.

... aquele ser. Detestava...

o homem que falava com coletores de espíritos.

No fundo, contudo, sabia que era mentira.
Ele detestava admitir que o amava.
O caminho tomava a forma de uma rampa e eles desciam pelo chão frio repleto de minerais e restos orgânicos.
– Parece que estamos caminhando na direção do centro da Terra...
– Nós estamos – respondeu a voz feminina.
Mais uma pausa. No som, não no andar. A visão agora só revelava pequenas falhas, como a de uma pessoa com sono. Escutou o barulho de movimentação de magma. De ondas. De ventanias. De gritos. Mas dessa vez era diferente e os gritos não eram distantes, etéreos nem de origem extranatural. Eram próximos.
– Chegamos – disse ela.

Ele parou e observou onde estava. Tambores batucavam e um estado de azedume lhe tomou conta durante um instante. A visão voltara a ficar perfeita, mas Gualter Handam ainda duvidava das faculdades mentais. Foi quando ele se virou. E *a* viu. Aquilo não melhorou sua situação. *Ela* caminhava com suavidade; os seios nus, os cabelos negros. A entidade que caminhava pelas águas e caminhava em seus sonhos.

– Anabanéri...
– Há tempo eles esperam por você.
– Você aparece nos meus sonhos...
– Você vem aqui quando sonha.

Da posição onde estava, de uma perspectiva superior e inclinada, ele reparou no cenário ao redor. Era escuro, mas vivo. Por entre lagos de massa mineral pastosa e rochas ígneas, a arquitetura era admirável. Símbolos indígenas ordenavam o cimo de treliças, de forma e material primitivos. No mais, havia troncos. Muitos troncos de árvore sem copas. E, nesses troncos, cordas. E, nessas cordas, espíritos.

– O que é isso?
– Isso é Krinxy. O fim do caminho da Montanha Negra.

Montanha. Negra. Duas palavras que simbolizavam...

um nodo.

... um mito. Marina uma vez comentara a respeito de uma lenda indígena sobre isso. Algo que ele não se lembrava.

Algo a respeito de índios.

Algo a respeito de mortes.

Algo a respeito de dilúvios.

Algo a respeito de espíritos se escondendo no centro da Terra.

Gualter reparou nos seres presentes, que repararam nele. Eram aborígenes, ou assim lhe parecia. Quase todos eram franzinos e tinham a pele clara para o padrão indígena. Havia muitas mulheres e muitas crianças. Ao ver Gualter, as crianças se apertavam no peito das mães. E havia os homens, pintados e mal-encarados, com arcos e flechas, lanças e machados. Os índios que apareciam pelas brechas do Véu.

– Quem são eles? – perguntou enquanto caminhavam.

– Os curutons.

O peito doeu.

– *O que* são eles?

– Uma antiga tribo indígena que já habitava estas terras muito antes de outros cruzarem mares até ela.

– E que vivem aqui...

– Eles não vivem aqui. Seus espíritos estão presos aqui.

– E por que *aqui*?

– Porque foi onde sua raça os matou.

Uma pausa que absorvia o golpe.

– Eles estão presos então... – concluiu Gualter.

– Apenas a travessia não os prenderia aqui. O rancor por seus assassinos, sim. Por isso esperam por cada um deles. Ou por aqueles que representam seus assassinos encarnados.

Cada passo era dado com cuidado. Gualter Handam se lembrou de Krinxy...

aquela que não se vence.

Aos poucos, ele recordou do que Marina já havia lhe contado. A história dos índios fugitivos que se esconderam nas grutas e desceram ao interior da Terra. Desceram a Montanha Negra. E entraram no nodo.

Índios fugitivos.

Curutons.

Krinxy.

Karkumba.

Dizia a lenda que para lá retornaram após o Grande Dilúvio, e para lá retornariam após o Segundo Dilúvio. O Grande Dilúvio.

A chuva.

— Por que eu estou aqui?
— Porque eles permitem.

Gualter continuaria as perguntas, mas naquele momento lhe foi revelado o horror. E o que viu era insano demais. Ele havia adentrado a estrutura sob o olhar dos seres locais, mas só então pôde ver quem eram os amarrados naqueles troncos vigiados por espíritos cansados. Ele conhecia *todos*. Ele viu Tobias, falando sozinho como um homem que não quer acordar. Viu Seu Aílton, chocando e balançando a cabeça constantemente no tronco como um pica-pau faz com o bico. Viu Francisco Matagal sorrindo, e chorando, e então gargalhando, e debulhando-se em lágrimas novamente. Viu seu irmão calado, de olhos fechados, balançando a cabeça negativamente sem parar. Viu pessoas de que não se lembrava e outras das quais queria ter se esquecido. Viu homens com pele morta acinzentada, já sem pelos e sem sangue nos lábios. Todos pareciam de alguma forma machucados. E ele viu o pai. Deus, ele viu o pai, cego e repetindo infinitamente o gesto de quem empunha uma arma com a mão vazia.

Ousou tentar caminhar na direção dele.

— Não se aproxime — ordenou a entidade com vigor. — Eles já permitem que aqui esteja; não abuse do merecimento.

Gualter teve outra ânsia de vômito.

— Eles estão...
— Cegos. Como você ainda há pouco. É assim quando não se volta para a luz.

Gualter caminhou mais alguns passos e chegou à margem de um precipício longínquo. Tudo pareceu pequeno e menos impressionante do que o que estava adiante. Aquele exército de espíritos amarrados, cegos e em delírio era como a visão de um imenso hospital psiquiátrico macabro e decadente; uma sombria cadeia de moribundos presos nos próprios conflitos, mendigando qualquer réstia de luz. De repente, um deles gritou como um louco.

    E outro.

        E outro.

            E outro.

    O som transpassou Gualter como um raio em um corpo humano: provocando danos irreversíveis.

    – Me explique. Por favor, me explique... – implorou ele. Não se lembrava de falar, apenas de pensar no pedido.

    – Antes é preciso que você *relembre*.

Véu-Vale. Estava novamente em Véu-Vale. Parecia sempre ter estado ali. Do lado de fora de Karkumba. Observou os arredores sombrios e reconheceu o cemitério. Imaginou que acordara de um sonho ou estivesse viajando por linhas além do espaço-tempo, feito um alucinado por psicotrópicos. No corpo, vestia um uniforme. Reparou melhor no lugar e não havia mais nele túmulos indígenas. Ao redor do campo mórbido de batalha, muitos homens vestidos com a mesma roupa que ele, e sob a mesma bandeira, posicionavam-se em formação de guerra. Estavam ali ao redor dela. E ele sabia bem por quê. Todos queriam entrar.

    Ele, não.

    Só que um soldado não questiona, simplesmente obedece. À frente deles, estavam os índios, pintados para a guerra. Morreriam antes de deixá-los entrar. Até que, em algum lugar, alguém gritou. No alto, o céu deu lugar a uma luz cada vez mais singela, roçada por trovões nítidos. Pequenas ondas cruzaram o céu parecendo lâminas. Nuvens enegrecidas lamberam elétrons na terra fria. Houve brados de guerra. E a luta começou.

O clarão das descargas elétricas resultava em relâmpagos incandescentes, enquanto homens lutavam por suas vidas e por muito mais do que suas vidas. Em pouco tempo, entre faíscas de encontros de lâminas e zumbidos de flechas, o sangue banhou a terra e seus mórbidos frutos cresceriam apenas muitos anos depois daquela batalha. No meio do combate, um homem o chamou por um nome que não era o dele.

Cajamanga.

A alcunha detestável. Foi assim que ele entendeu, ou *relembrou*, que aquele que o chamava com voz grave era o seu comandante. O som do choque de madeira e metal era intenso e a adrenalina transformava homens bons em bons assassinos. Em vez de tumbas, havia ocas. Construções feitas de madeira, entretecidas e cobertas por fibras vegetais, que aos poucos eram incendiadas, forçando seus moradores a correr para a saída e de encontro às lâminas dos agressores. As ordens dadas a Gualter indicavam que ele deveria incendiar locais do campo de batalha. Foi assim que se armou de uma tocha, trazida ao campo de guerra por um soldado que tinha apenas a função de fornecê-las, enquanto os outros lhe davam retaguarda.

Até breve, incendiário.

A chuva forte dificultava cada vez mais o trabalho. Em meio à histeria e ao pandemônio provocados, e bambeando entre a insensatez e a morbidez, Gualter Handam, ou seja lá qual fosse seu nome naquele momento, seguiu seu caminho em passos apressados. O objetivo era claro: primeiro incendiava a madeira e a palha, depois matava *o que* quer que corresse lá de dentro.

Mas ele não ateou o fogo imediatamente.

Ele primeiro entrou na construção.

Isso mudou tudo.

O lugar era quente, e, apesar de limitado em espaço, em outras condições um homem poderia acreditar que se sentiria aconchegado. Não havia móveis, apenas artefatos indígenas. Havia colares, ornamentos e esteiras entrelaçadas com hastes secas de gramíneas, feitas puramente de trabalho manual. E havia um habitante. Uma habitante. Era uma índia que, naquela posição fetal, encurralada e abraçada ao ventre, mais parecia uma criança. Estava encolhida e tremendo. Observou-o nos olhos. Ele se aproximou e ergueu a espada. Foi então que ela esticou o braço implorando pela vida e quando soltou o ventre, ele viu que a índia estava grávida. Aquilo esmagou seu âmago, pois naquela época ele também já era pai. E ainda não era um bom assassino. Lá fora, ainda gritos e chuva. Poderia perfurar a lâmina no pescoço frágil e terminar logo com aquilo. Terminar com aquela vida. Com aquelas *duas* vidas. Mas não. O problema era que, além de pai e mau assassino, aquele soldado naquela época era um cristão fervoroso. E naquele pescoço onde ele esfregaria a lâmina, havia uma marca. Uma marca em formato de cruz.

O tipo de marca que uma mulher teria se nascesse abençoada.

Ou se concedesse bênçãos.

E, como de praxe, quando um soldado não obedece exatamente o que lhe é pedido, algo *sempre* acontece. Por grandeza ou estupidez, afinal nem sempre é fácil distinguir essas coisas, ele abriu um buraco na parede de fibra vegetal e apontou o caminho escuro do matagal sombrio, em conflito de consciência:

– Corre e se esconde. Vosmecê não terá segunda chance.

Ela correu como um cão com medo. Não entendia a língua do agressor-salvador-assassino, mas tinha instinto. Gualter a acompanhou com o olhar e viu que nenhum guerreiro em combate se importou com a trajetória dela. Ao menos no início. Até que um deles a notou. Era um homem sinistro, que havia acabado de matar dois índios na lâmina da espada. A índia passou correndo ao lado dele e parecia que ele não se importaria com ela. Mas a lâmina foi erguida na altura da garganta da mãe que corria, e, de um momento para outro, a laringe foi um canal aberto para o sangue.

A mulher caiu com a mão no pescoço.

Parecia chorar por duas vidas.

Do lado de fora, era cada vez mais difícil queimar as ocas por causa da borrasca. A chuva, que caía rugindo, mais parecia uma vaia dos deuses. Continuavam a tomar a terra, mas ele só conseguia reparar na índia que se afogava no próprio sangue e não morria só. O campo de batalha se tornou um pântano e ele decidiu que estava cansado daquela guerra. Dessa forma, caminhou de costas para o mundo que acabava atrás de si. Foi por isso que não viu quando um curuton se armou com o arco e a flecha, observando o inimigo fácil de abater. O disparo foi feito com precisão olímpica. A seta percorreu o campo em velocidade acelerada até o impacto. Ele sentiu os joelhos dobrarem. Sentiu os pulmões perfurados impedindo-o de aspirar o ar. Impedindo até mesmo o grito. O corpo caiu agarrado à flecha que causou a morte, e o rosto afundou na lama, negando-lhe o último suspiro.

Antes de morrer, ele ainda sentiu o gosto de sangue na boca.

Aquele foi um terceiro dia de chuva.

A recordação proporcionada pela retirada do Véu foi desfeita. Ainda sem compreender em que nível de realidade estava, Gualter Handam apertou os olhos e lágrimas lhe embaçaram a visão. Pois enfim entendeu verdadeiramente o que acontecia em Véu-Vale. Em *sua* Véu-Vale. Entendeu o que os moradores locais escutavam. Entendeu o que eram os gritos. Sim, era um eco. Mas não era um eco de algo externo como imaginava. Quem gritava daquela forma ensandecida; quem eram os responsáveis pelo gosto que sentia nos dias de chuva, não eram os espíritos dos índios mortos, que em dias de chuva sobrepujavam o Véu do vilarejo inquieto. Era muito pior. Muito pior.

– Eles então guardam...

– Tudo o que não pode ser esquecido.

Os gritos na verdade eram dos espíritos dos próprios moradores de Véu-Vale vigiados por eles.

O homem índio não esquece suas lembranças.

Torturados pela eterna repetição das vivências de suas próprias memórias.

O peito doía como se ainda houvesse uma flecha. Ao lado dele, Anabanéri o observava como os adultos olham as crianças. Como ele sempre se sentira diante de espíritos maiores do que ele. Tudo não durara mais que poucos momentos para o tempo daqui. Muitos para o de lá.

– Você viu? – perguntou ela.

– A guerra... o massacre...

– Você sentiu?

– O medo... a morte... a...

minha culpa.

– ... *nossa* culpa.

Ela aquiesceu.

– E agora? – perguntou ele, rendido.

– Você não fugiu. Você simplesmente é diferente. Porque sonha diferente.

Eles o fizeram caminhar na direção da parede de pedras pontiagudas, cheias de sulcos e saliências. Olhando para cima, ela não parecia ter fim. Todos ainda o observavam com expressões cansadas. Arcos baixos. Lanças guardadas. No âmago daqueles seres, não havia desejo nem conquista nem cupidez. Não mais.

– Antes de iniciar a escalada, preciso fazer uma última pergunta...

– Para subir é preciso se livrar do peso.

– O que está realmente acontecendo comigo e o que é apenas uma alucinação autoscópica em minha mente?

Ela pareceu sorrir.

– Descobrir essa resposta já lhe seria uma boa religação.

Gualter riu, como se a resposta fosse óbvia. Como se tudo o que existe no mundo realmente fizesse sentido. À frente dele, a parede rochosa cheia de falhas ainda o desafiava. Ele inspirou. Escutou o coração forte. Sentiu mais intenso o cheiro.

E enfim o campeão de Véu-Vale iniciou sua subida ao Altar dos Deuses.

Na boca, ele sentia um gosto bom.

CAPÍTULO CINQUENTA

Quando ele iniciou aquela escalada, não havia nada. Havia apenas o desejo. A manifestação da intenção. Se ainda havia um corpo, e se ainda havia sensações de dor e esforço, era porque ainda se via um corpo físico e preso à matéria. E à medida que escalava, quanto mais preso à matéria, mais pesado o ectoplasma, e maior o risco de queda. Cada degrau conquistado, cada saliência vencida, transcendia o humano. Até não haver mais esforço. Até não haver mais cansaço. Até não haver mais corpo. Até os olhos enxergarem além do véu. E vislumbrarem tudo o que corre por detrás dele. O mantra cantava certo. Se queria falar com os deuses, se tinha realmente esse desejo surreal e metafísico, precisava antes lamber os palácios dos castelos suntuosos dos próprios sonhos. E se ver tristonho. E se achar medonho. E, ainda assim, estar em paz.

Gualter Handam estranhava cada subida. A dor deveria se intensificar, mas se retraía. O esforço deveria se expandir, mas se contraía. E o mais estranho era que, quanto mais distante dos outros, menos solitário ele se sentia. A escalada não trazia lembranças. Trazia motivos. Respondia ecos. Fechava círculos.

Por que o incômodo?
[*A morte não foi sua culpa.*]

Por que a mágoa?
[Está tudo bem, querida. Teu irmão voltou e desta vez ele sabe o porquê.]
Por que o receio?
[Porque, do contrário, eu não teria ido.]
Por que ir?
[Tu não fugiu como todos pensavam. Tu foi ganhar poder.]
O que maculava a consciência?
[Você não me entende, psicólogo.]
O que era de sua responsabilidade?
[Nunca se meta com a minha família.]
De onde tirava a confiança?
[Um acendedor sempre ilumina seu caminho.]
De onde tirava o alívio?
[Tenho orgulho de ter teu sangue, Gualter.]
De onde tirava a coragem?
[Se você acha que é a única forma, eu tenho de entender, né? Faz parte do pacote de quem ama.]
Afinal, o que era realmente uma surpresa de valor em sua vida?
Não tá vendo o coração?
Ele estava.

Em algum lugar de Véu-Vale uma criança tremia e não era de frio. E Gualter Handam sentia. Alguém gritava e não era de dor. E ele sentia. Corpos se abraçavam em uma simbiose de sentimentos e o fruto daquela junção emocional também era vivenciado por ele. Não havia distância. Não mais. Se o mundo era feito de moléculas, então ali ele *era* aquelas moléculas, e o mundo era um só. Quando tocava nas saliências daquela escalada, tocava nas fibras da Terra. A sensação de desafogo, a explosão de alívio, era a mesma sentida pelo homem encarnado que se ilumina. Ele se fundia à energia do planeta. Jurava que algo luminoso brilhava em algum lugar acima da cabeça e parecia deixá-lo muito mais leve. Talvez brilhasse. Talvez elevasse. Não havia apenas consciência. Não havia apenas paz. Não havia apenas o entendimento.

Véu-Vale realmente *pulsava* dentro dele.

Um gato se escondia de medo entre tábuas velhas de madeira socadas pela chuva. Árvores inclinavam-se em humildade perante o vento da tempestade. Minhocas se arrastavam, abrindo labirintos em espirais debaixo da terra sulcada. Um senhor de idade esmagava com o pé descalço uma barata. Uma mãe agradecia a Deus por seu filho. Um irmão defendia o outro. Um filho perdoava o pai. Uma semente de feijão germinava. Um peixe se contorcia em um lago ao morder um anzol. Alguém quebrava garrafas de cachaça porque queria se livrar do maldito vício. Uma ratazana tinha a cabeça esmagada ao acionar uma ratoeira. Mariposas dançavam ao redor de um globo de vidro. Vaga-lumes emitiam luz com brilhos escarlates. Alguém dizia a outra pessoa que a amava, e era verdade. Gotas caíam na terra macia e espalhavam por ela as bactérias responsáveis pelo cheiro da chuva.

O vilarejo, e tudo que nele existia, era ele.

Pois tudo existia nele.

O mundo era uma imensa nebulosa que ardia não ao toque mas à simples aproximação, e trazia à visão do viajante o espetáculo incandescente de beleza que só sente quem vive.

E morre.

E pulsa.

E vibra.

E brilha.

Gualter Handam a cada metro conquistado não subia um monte de pedras; ele aumentava a própria vibração.

E conquistava o mundo. Porque conquistava a si. O vilarejo, e tudo que nele existia, era o mundo. E o mundo era o vilarejo. Pois tudo que existia no mundo existia ali. E existia nele.

E existia em mim.

E existe em você.

Os dedos tocaram o cume e ele pôde sentir o lodo. As mãos agarraram o solo firme e ele se ergueu. As nuvens brilhavam cristais de água e refletiam a alma dele. Talvez quando voltasse, ele se lembrasse de tudo. Talvez não. Talvez se lembrasse apenas de uma parte. Mas dentro dele, no local mais profundo de seus sete corpos, todas as experiências ficariam gravadas. E tudo seria como um frenético renascimento; mas, dessa vez, em paz.

Caminhou na direção do precipício e olhou para frente. Daquele ângulo podia ver toda Véu-Vale e sentia-se apenas energia pura. E ele sentia a energia dos deuses, muito acima de sua própria, mas ainda assim parte de sua energia e da egrégora do mundo. Da Roda do Mundo. Ele havia superado. Havia vencido. Havia chegado ao Altar dos Deuses. E havia compreendido que a vitória não era sobre *ela*. Era sobre ele. Sobre as memórias dele. Sempre fora sobre ele. Em algum lugar, como uma contagem que sempre estava lá, ele escutava o som do tempo. Abaixo havia as colinas verdejantes. O solo enegrecido e pastoso que sofria a ação da tempestade parecia ansioso em relação ao *desejo*. Os índios, que pareciam cansados, agora também pareciam ávidos. Os moradores, que pareciam assustados, agora também pareciam ansiosos. E o mundo durante um microssegundo parou por Gualter Handam.

Porque ele era Véu-Vale.

Foi assim que ele abriu os braços feito um crucificado sem a cruz e sentiu a presença das lágrimas da chuva. As nuvens que coalhavam toda a terra eram uma infinita extensão em que ele não sabia mais onde ele começava e onde ela terminava; e isso significava que eles também eram um só. Um trovão estalou. Um raio caiu duas vezes no mesmo lugar. A movimentação e o rosnar das descargas elétricas traziam o encanto no lugar do medo. E foi ainda com os braços abertos que ele fez o pedido sagrado com a pureza humana dada às crianças.

O tipo de pureza que uma pessoa teria se nascesse abençoada. Ou concedesse bênçãos. O tempo se uniu como se fosse ele um homem antigo. E foi quando aquele coletor de espíritos enfim pediu...

perdão.

... perdão.

Em nome dos homens, em seu próprio nome e em nome de toda Véu-Vale, ele pediu o indulto aos milhares de índios massacrados e pediu clemência também a *ela* por sua violação inescrupulosa e injustificável. Por toda dor reverberada. Por toda a...

nossa

... culpa.

O pedido era feito com os pés descalços, a coluna ereta e o coração sem guarda. E por isso, e talvez também por isso, e talvez somente por isso, ele foi escutado. Nenhuma palavra precisou ser emitida. Nenhuma frase precisou ser dita. De fato, era verdade o que se dizia.

Todo coletor de espíritos um dia aprende a se expressar em silêncio.

Naquele átimo, uma estrela cadente cruzou os céus, mas ele foi o único do vilarejo a vê-la. As nuvens pareceram se afastar, como querendo espalhar a notícia. E o microcosmo se tornou macro por um instante.

Foi no momento em que *ela* aceitou o pedido. E ele sabia que *ela* o tinha aceitado.

Porque *ela* era ele.

Porque ele era *ela*.

E foi assim que os índios sorriram. Pois agora estavam livres. E por isso eles sorriram. Deus, como eles sorriram.

Marina atravessou uma rua correndo, fugindo da chuva forte. Esquecera o guarda-chuva atrás da porta de casa e se amaldiçoava por isso. Entretanto, quando as gotas caíram do céu anil e lhe tocaram a pele, ela inexplicavelmente se sentiu a mulher mais amada do mundo.

Do alto daquele monte pedregoso, ele gritou.
Tão forte; tão vívido, que poderia estremecer uma montanha. Era um brado. Era um eco. Era um aviso de vitória e libertação. A água da chuva que tocava nele, e que era ele, era a mesma água que tocava nela. E que era ela.

Lá de baixo, ela sabia disso.

Dezesseis bilhões de litros de água podem cair do céu em um segundo de chuva. No meio desses bilhões de litros e corações, e no meio daquela rua encharcada de emoções, banhada pela água da chuva, Marina tocou o próprio ventre. Cerrou os olhos. E sorriu, como mãe, pois estava grávida.

Lá de cima, ele sabia disso.

O tempo começou a aumentar seu som, e a aumentar, e a aumentar, e a aumentar. A consciência seguiu a vibração progressiva, abraçada à memória que vinha com ela. Abraçada a toda boa memória que vinha com ela. Consciente ou não, ele sabia que som era aquele. E aonde ele o levaria.
Afinal, era aquele o som do pêndulo de um relógio de corda.
O som das lembranças dele. O som do tempo dele.
O som do melhor que existia nele.

Na frente de Karkumba, o corpo que era Gualter Handam abriu os olhos, diante de um vilarejo que ainda o iluminava. Sentiu o toque do mundo no coração leve. Leve como a consciência de um espírito que se esconde na própria escuridão para escapar de um dilúvio e retornar fortalecido. Abriu os braços e ergueu o rosto com o intuito de sentir as lágrimas da chuva.

Talvez o que corresse em sua face fosse choro. Talvez fosse chuva.

Já não importava mais a diferença.

Com os olhos fechados, parada em uma calçada com as mãos no ventre lembrando uma mulher abraçada, Marina também não sabia distinguir.

Foi quando ele chorou ao gritar que a amava. Foi quando ela chorou ao sentir que era amada.

E dessa vez ela tinha absoluta certeza.

Já não restava a menor dúvida.

Ela havia escutado o grito.

EPÍLOGO

Que a chuva caia como uma luva
um dilúvio, um delírio
Que a chuva traga alívio imediato.
HUMBERTO GESSINGER

Véu-Vale, 2 de novembro.

As Lágrimas da Chuva

Aqui em Véu-Vale as coisas parecem diferentes. As pessoas estão mais amigas umas das outras. Ninguém mais vê o bicho-papão, e ninguém mais fala nele ou nos monstros que apareciam junto com ele. Nem meus colegas, nem as pessoas. Ninguém mais ouviu também os gritos horríveis, e ninguém mais viu também aquela gente esquisita.

Outro dia a cidade foi no enterro da Dona Sansara. Ela morreu com um sorriso na cara como se tivesse gostado de ter morrido. Na capela de nossa Senhora rezaram por ela e também por mais um monte de gente. Tava todo mundo lá, só não tava o tio Erbister, mas ninguém nunca mais o viu. Mas o pior foi o Xico Matagau que se matou com um tiro na cabessa cabeça.

A mamãe pediu pra gente rezar por ele também. E eu rezo. Mas acho que meu irmão Carlos não.

Falando em irmão, ontem eu sonhei com o meu outro irmão, o César. Ele disse pra mim, e pra eu dizer pro Carlos, que ele vai estar sempre com a gente. Eu contei isso pra mamãe, e ela chorou, mas chorou alegre, e eu acabei chorando também. O Pedro disse que mulher pode chorar à vontade, e eu nem ligo.

Meu irmão esquisito, que até já não é mais tão esquisito assim, vai casar. Ele vai ter um filho também, e todos tão dizendo que eu vou ser titia. É esquisito ser titia com essa idade, mas fazer fazer o quê, né? Ele disse também que tá escrevendo um livro, mas que eu só vou ter vontade de ler quando crescer. Eu acho que o livro deve ser chato pra ele falar uma coisa assim.

Mas o que aconteceu com ele foi muito estranho. As pessoas ficaram do lado dele quando ele ficôou ajoelhado diante da Carcuba, e ficaram do lado dele quando ele acordou, como se tivesse meio lerdo e não lembrasse direito as coisas. Dizem até que ele tava chorando. E sorrindo ao mesmo tempo, coisa que eu nunca vi alguém fazer fazer. Mas parece que ainda assim ele tava bem, e o vilarejo inteiro tá feliz com ele por alguma coisa que acreditam que ele fez e que ninguém tinha conseguido fazer antes, nem meu irmão que morreu. E que é por isso que ninguém mais agora escuta os gritos.

Ele disse também que vai me levar pra estudar na cidade grande, mas é pra eu terminar primeiro os meus estudos aqui. Quando eu perguntei por que que ele queria que eu terminasse aqui, ele disse que era porque eu tinha a melhor professora do mundo.

Hoje estou com vontade de desenhar. Meu irmão esquisito também me deu uma caixa de lápis de cor pra eu fazer um monte de desenhos coloridos. Já a mamãe disse que hoje vai chover forte. Mas não tem mais problema. É que agora aqui em Véu-Vale ninguém mais tem medo.

E eu adoro a chuva.

Carolina Handam

Sempre estar lá
E ver ele voltar
O tolo teme a noite
Como a noite
Vai temer o fogo
Vou chorar sem medo
Vou lembrar do tempo
De onde eu via o mundo azul
NENHUM DE NÓS

NOTA DO AUTOR

Oi... se eu te pedir um favor de Natal, você me dá uma ajuda? Meu amigo tá com câncer. Muito mal. Queria dar um presente pra ele. Vou dar o box do Dragões. Bem que você poderia escrever uma cartinha para ele, pra ficar mais especial? Ele é um moleque, acho que vai curtir muito. Não sei se ano que vem ele vai estar por aqui. ☹

Essa foi a mensagem que recebi de uma amiga no dia 22/12/13.

Não é o tipo de mensagem a que se fica indiferente nem da qual se sai ileso. Existem muitas coisas ruins no mundo, mas acredito que poucas nos deixam mais impactados do que o câncer. É uma doença que atravessa os anos, causando o mesmo estrago em tudo o que toca. O paciente sofre com a dor física, a família sofre com a impotência. Além disso, é difícil evitar a sensação de que se trata de um infortúnio aleatório, decidido no giro infeliz de uma Roda da Fortuna.

A impressão sempre é a de que isso pode acontecer com qualquer um de nós.

A qualquer momento.

É claro que eu iria escrever a carta. Ainda assim, não era o pedido mais fácil do mundo. Afinal, como se escreve uma carta para uma criança com câncer terminal? Se para nós, adultos, é difícil compreender por que outro adulto passa por uma situação como essa, compreender que aconteça a uma criança é impossível. Ainda assim, eu escrevi a carta. E posso dizer com toda a sinceridade que foi o texto mais difícil da minha vida.

O nome dele era Felipe Adorno, um menino de 13 anos. Um desses garotos que amavam videogames e super-heróis e seria um nerd como eu e tantos outros. Um garoto capaz de surpreender juntas médicas ao passar por uma quimioterapia sem reclamar.

A carta foi entregue a ele junto com um box de Dragões de Éter, uma trilogia que fala sobre sonhos, sobre mundos que você pode alcançar fora do plano material. A mãe do Felipe, Dina, posteriormente me escreveu para contar o que isso significou para o filho e para a família.

Na época, eu tinha acabado de assinar o contrato da trilogia Legado Ranger com a Editora Rocco, mas foi pensando no Felipe que surgiu a ideia de lançar também *O coletor de espíritos*, o segundo livro que escrevi e que estava, creio eu, aguardando o momento certo de ser publicado. Decidi, então, que doaria os royalties da versão digital integralmente a uma instituição dedicada ao tratamento do câncer infantil.

Por conta disso, passei algum tempo relendo o livro. Terminei na madrugada do dia 27/02/2014. Ao abrir meu Facebook para pedir o telefone da mãe do Felipe e contar sobre o livro, descobri que, quase ao mesmo tempo em que finalizei a revisão do texto, o Felipe faleceu.

A situação é mais inacreditável que qualquer história fictícia. Eu queria ter tido tempo de conhecer aquele menino pessoalmente, queria ter os poderes que a gente busca na ficção. Mas, infelizmente, a vida não é assim. Apesar de não ter conhecido o Felipe, e sensação foi a de perder um familiar. E esse talvez seja o maior poder da humanidade: a capacidade de se conectar com outra pessoa não por laços afetivos, mas simplesmente por ela ser humana.

Naquela madrugada, voltei à história e, antes de enviá-la à editora, escrevi a dedicatória que abre esse livro.

Não estou contando tudo isso para que você considere esse ato meu grandioso. Não é. É um ato pequeno. Mínimo. Que só se torna maior se houver uma conexão entre as pessoas. Vivemos em um mundo lotado de raiva, crises, ataques pessoais. Neste exato momento existem pessoas espalhando ódio real e virtual, conectados ao que o ser humano tem de pior.

Logo, considere este ato justamente o oposto: um convite para nos conectarmos ao nosso melhor.

No fundo, talvez seja esse ainda o maior poder que a ficção pode nos dar.

R. D.

A CARTA
27/02/2014

Querido Felipe,

Ouvi falar muito bem de você. Sério, a sua reputação anda chegando longe. Disseram-me que você é um garoto corajoso, do tipo que aguenta muito da vida. Eu insisti que vi pouquíssimos que merecessem um título desses na sua idade, mas você tem amigos convincentes.

Então pensei: "uau, se um garoto é capaz de inspirar pessoas assim, ele deve ser bem especial". Você sabe o que a vida faz com pessoas especiais, não sabe? Ela testa. Ela testa pesado. É uma pena que a gente não possa criar as regras da vida, como um escritor pode criar as regras de um livro. Seria tão mais fácil, não é? Nossos amores seriam eternos, nossos vilões seriam sempre derrotados, nossos finais seriam sempre felizes. Só que a vida não é assim.

Uma vez eu li em uma história em quadrinhos que um herói é apenas uma pessoa comum, só que mais corajosa do que as outras durante um breve instante. E que coragem não é não ter medo, mas seguir em frente, ainda que na presença dele. Eu acredito nisso. E, se for verdade, e se for mesmo tão corajoso quanto eu soube que você é, então acredito que deva ter muito medo de alguma coisa, mas, ainda assim, deva seguir em frente. Talvez você siga por você. Talvez pelos seus pais. Talvez pelos seus irmãos. Talvez pelos seus amigos. Talvez por todos eles. Rapaz, você tem noção do que isso faz de você?

Eu vejo pessoas todos os dias reclamando por aí do quanto suas vidas são ruins. Se estivéssemos dentro de um livro, seriam péssimos personagens. Porque os bons personagens apanham muito da vida, mas, em vez de se dedicarem a lamentar, eles se levantam e batem de volta. Eles seguem em frente, ainda que na presença do medo. Às vezes eles vencem, às vezes não. Mas uma coisa é certa: eles se tornam melhores no processo. E inspiram outros a fazerem o mesmo.

Porque nos fazem querer ser como eles.

Como você nos faz querer ser como você.

E, no fundo, se não estivermos aqui para sermos melhores, e se esse não for o sentido da vida, a vida então não tem sentido, concorda? Ora, mas que pergunta! É claro que você concorda. Do contrário, a sua fama não teria chegado até mim. Quer saber? Futuramente, eu vou batizar um personagem com seu nome. E ele será incrível. Porque se estivéssemos dentro de um livro, você seria um ótimo personagem.

Vou admitir uma coisa: você me inspirou hoje. E mais do que isso: a cada dia em que você continuar lutando, e a cada dia em que você não desistir, você continuará a me inspirar. Não se preocupe como, eu vou descobrir. Eu tenho espiões por aí. E eles irão me contar tudo sobre você.

Inclusive, o quanto amam você.

Quer saber? Vamos fazer um pacto. Não importa o quão difícil seja a luta. Não importa o quão assustador pareça. Nós vamos enfrentar isso juntos.

Eu já disse que você hoje me inspirou, não é? Agora me deixe retribuir. Dê-me a mão. Deixe a magia entrar no seu coração. E sonhe comigo.

Em um... E dois...

E três...

Raphael Draccon

Impressão e Acabamento:
LIS GRÁFICA E EDITORA LTDA.